AF132140

Les brûlures du passé

de Maria Luna

Édition : Books on Demand,
12/14 rond-Point des Champs-Elysées, 75008 Paris
Impression : BoD - Books on Demand, Norderstedt, Allemagne
ISBN : 9782322198092
Dépôt légal : février 2021

Le ciel d'un bleu azur faisait planer une chaleur moite, plisser les yeux et brûler la moindre parcelle de peau qui osait se dévoiler. Une douce brise caressait les arbres en fleurs. Les fenêtres des maisons s'ouvraient comme reconnaissantes d'être enfin libérées de la rudesse de l'hiver. Bettina marchait d'un pas vif, presque militaire. Les yeux fixés sur son seul but et objectif de la journée : son rendez-vous avec la plus célèbre boite de productions françaises du moment. Les rouages de son cerveau s'engluaient dans d'innombrables questions, mais telle une mouche prise dans une toile d'araignée, ses neurones s'entrechoquaient sans réussir à se connecter d'une manière efficace.

Sans même regarder sa lourde montre en or, elle savait exactement l'heure qu'il était. Bettina faisait partie de ces femmes avec une horloge fixée solidement dans un coin de leur cerveau. Jamais en retard, mais toujours avoir quelques brins de minutes d'avance, telle était sa devise. Elle leva à peine les yeux devant l'imposant bâtiment d'un blanc immaculé. Elle n'était ni là pour faire du tourisme ni même pour contempler les immenses bureaux aux allures modernes et resplendissants.

Elle poussa la porte à double battant et tomba nez à nez avec la responsable de l'accueil posté derrière son comptoir. Blonde, les yeux noirs, elle sortait visiblement tout juste de l'adolescence. En voyant Bettina s'approcher, la jeune employée releva bravement la tête et lui lança d'une voix avenante :

- Bonjour, vous désirez ?

- J'ai rendez-vous avec Mr Lancaster. Je suis Mlle Bettina Rémy.

La jeune femme, tout en fronçant les sourcils, consulta le cahier se trouvant devant elle. Elle finit par poser son doigt sur un mot griffonné à la hâte.

- Oui, en effet, vous êtes pile à l'heure. Troisième étage. Son bureau se trouve juste en face de l'ascenseur. Vous ne pourrez pas le rater, de plus son nom est inscrit dessus !

Tout en se dirigeant vers l'ascenseur, Bettina pensa que la jeune blonde, certes mignonne, n'avait pas l'air d'avoir inventé la poudre ! Voyant la porte s'ouvrir, elle se re concentra sur le discours qu'elle connaissait par cœur tant elle l'avait récité pendant des heures. En entrant, une immense glace occupait tout un pan de l'ascenseur.

Malgré elle, Bettina jeta un œil sur son reflet. Elle essaya de remettre en place une mèche récalcitrante, comprenant très vite que son combat face à cet épi rebelle était perdu d'avance, Bettina poussa un soupir et décrocha ses yeux du miroir. Elle avait toujours détesté se regarder ainsi, se retrouver face à son double l'avait toujours mis mal à l'aise. Elle sortit de l'ascenseur et se dirigea d'un pas qui se voulait assuré vers le seul bureau de l'étage. Elle frappa deux coups, une voix agréable et grave lui pria d'entrer. En franchissant le seuil de la porte, elle leva les yeux vers son interlocuteur, elle rencontra une paire d'yeux d'un gris perçant, une barbe naissante, des traits fins finissaient de compléter le visage de Mr Lancaster. Tout en lui faisant un bref sourire, il lui demanda de s'asseoir, puis l'entretien commença. Les questions pleuvaient, Bettina y répondit d'une voix assurée, posant ses arguments d'une voix à la fois chaude et convaincante. Mr Lancaster la dévisagea visiblement impressionné. Alors qu'un silence tombait sur la pièce, il jeta un œil à sa montre et lança :

- Très bien, je pense que nous allons en rester là à moins que vous ayez quelque chose à rajouter ?

- Non, nous avons fait, je pense, le tour de la question .

- Merci de vous être présenté, nous vous tiendrons très vite au courant de notre décision.

- OK, merci à vous.

Une solide poignée de main ponctua la fin de l'entretien.

Bettina repartit, légèrement déçue. Certes, tout s'était déroulé comme elle l'avait imaginé. Cependant, elle aurait espéré que son interlocuteur sous-entende sa décision, même si elle savait, au fond d'elle, que cela ne se passait jamais ainsi. Elle sortit du bâtiment et la chaleur, lourde, pesante, tomba à nouveau sur elle. Il était beaucoup trop tôt pour rentrer, et pour y faire quoi ? Tournez en rond attendant, impatiente, que son portable sonne ? Non, elle décida d'aller manger au restaurant chinois tout près de l'endroit où elle se trouvait. La circulation était dense à cette heure de la journée. Bettina marchait vite, ses talons claquant sur le trottoir, les yeux fixés un peu plus haut que les passants qu'elle croisait. C'était sa manière d'aborder le monde, ne jamais regarder qui que ce soit dans les yeux, marcher le port altier et faire comme si elle était seule au monde. Elle préférait que les personnes qu'elles croisent, pensent qu'elle leur était indifférente plutôt que de risquer les voir s'intéresser à elle. Être transparente aux yeux et aux vues de tous, voilà comment elle souhaitait désormais mener sa vie.

Elle ouvrit la porte du restaurant chinois. Elle fit rapidement le tour de la salle, il y avait peu de monde, cela lui convenait.

Elle contourna quelques tables et s'installa dans un recoin. Aussitôt, une jeune chinoise se dirigea vers elle, après l'avoir salué traditionnellement, elle lui demanda dans un français moyen ce qu'elle souhaitait prendre. Sans même consulté le menu, Bettina énuméra la liste d'ingrédients qu'elle avait choisis. Elle prenait toujours la même chose dans ce même restaurant, comme une espèce de rite immuable qui la rassurait. Les yeux fixés dans le vague, elle attendit sa commande. Elle regardait peu ce qui se passait autour d'elle, comme si elle ne se sentait pas concernée par ce qui bougeait ou ce qui se passait juste devant ses yeux.

Elle connaissait le décor du restaurant par cœur. Tout y était toujours à la même place, les mêmes couleurs, les mêmes tables, le même personnel... Ce côté statique la tranquillisait. « Si ma vie pouvait être ainsi, fixée sans que rien ni personne ne puisse la toucher, la perturber, cela me faciliterait grandement l'existence », pensa-t-elle.

Un bruit léger la fit tressaillir, son portable vibrait dans la poche intérieure de sa veste. Vérifiant que personne ne s'en était aperçu, elle l'attrapa rapidement et jeta un coup d'œil sur la personne qui osait la déranger. « Ma mère »

- Oui, maman.

- Ah, ma chérie, tu réponds enfin, où étais-tu donc passée ?

- Inutile de hurler, je t'entends très bien, et puis nous nous sommes parlées hier soir.

- Mais hier soir, c'est une éternité surtout lorsque je sais que ma fille chérie a besoin de moi.

- Maman, dois je te rappeler mon âge ?

- Arrête, ton âge n'a rien à voir là-dedans et tu le sais très bien.

- Que t'arrive t il ?

- Comment as-tu deviné ?

- Maman, tu ne m'appelles jamais à cette heure-ci, puisque tous les mardis midi, à cette heure précise, tu as ton rendez-vous avec ton psy.

- Oh, ce type est un gros nul finalement ! Je l'ai viré. Tu te rends compte, à la dernière séance, il m'a fait comprendre que j'étais égocentrique et possessive !

« Malheureusement, il a vu juste », pensa Bettina.

- Oh ? Il a osé te dire ça ?

- De toute façon, je comptais m'en séparer. Christina, tu te souviens de Christina ? M'a conseillé un homme tout à fait charmant. Je pense que je vais prendre rendez-vous de suite avec lui.

- Tu as raison maman.

- Je parle, je parle et toi, comment vas-tu ?

- Je vais très bien maman.

- Vraiment ? Je ne sais pas comment tu fais, s'il m'était arrivé la même chose que toi, jamais je n'aurais réussi à m'en sortir aussi bien, sans aide en plus. Tu es sure de ne pas vouloir consulter ?

- Maman, je n'ai pas besoin de psy.

- Tu as raison, une folle dans la famille, cela suffit gloussa sa mère.

- Ne parle pas comme ça de grand-mère.

- Je ne faisais que plaisanter, quoique, quand j'y pense, ma mère a quand même un sacré grain.

- Si tu le dis.

- Bon, allez, bisous, bisous, faut que je file.

- Salut maman, à la prochaine.

- Tchao et n'oublie pas, ta maman chérie pense à toi !

Et elle raccrocha avant même que Betty puisse répondre quoi que ce soit. Elle fixa son portable, soudainement songeuse. Ce n'était pas l'excentricité de sa mère qui l'avait perturbée ni cette façon désinvolte qu'elle avait de parler. Non, il s'agissait plutôt d'une des phrases que sa mère avait innocemment jetées sans même imaginer que celle-ci puisse troubler sa fille. Les sourcils froncés, Bettina rembobina la discussion entre elle et sa mère et appuya inconsciemment sur stop lorsqu'elle r entendit sa mère lancer « s'il m'était arrivé la même chose que toi... Ce qui était sûr, c'est que Mme Rémy en serait peut-être morte. « Et moi, peut-on dire que je vis encore ? » Cette question résonna dans sa tête... heureusement, sa commande arriva, ce qui lui permit de reporter son attention sur ce qui se trouvait dans son assiette. Sans cela, cette question se serait incrustée dans sa tête comme une cicatrice qui n'aurait jamais pu partir. Elle essaya de se concentrer à la fois sur ce qu'elle mangeait ou plutôt mastiquait et en même temps sur ce que nouveau job pourrait lui ouvrir comme possibilité. « Je dois avoir ce travail, sinon je vais finir par tournée cinglée» comme après chacun de ses repas dégustés dans ce restaurant, elle le termina en s'offrant un petit verre de saké, qu'elle but cul sec. L'alcool de riz brûla son œsophage et une douce chaleur descendit jusqu'au milieu de son abdomen.

Elle savoura cet instant, jeta un œil sur sa montre et décida de profiter du beau temps pour flâner et faire les boutiques. Après avoir payé et remercié chaudement les propriétaires qui lui sourit en retour, elle quitta discrètement sa place et sortit.

Le soleil lui fit cligner les yeux et la chaleur presque étouffante la laissa un instant sur place. Finalement, il faisait beaucoup trop chaud pour faire du shopping, elle tourna le dos au centre ville, prit la première RAM de métro qui se trouvait à sa portée et s'arrêta près du Louvre. Elle connaissait les moindres recoins de ce musée. Cependant, elle y retournait régulièrement. Parfois pour le simple plaisir, d'autres fois, pour laisser vagabonder son esprit ailleurs que là où il voulait sans cesse aller, surtout depuis la conversation qu'elle avait eu avec sa mère. Elle apprécia comme toujours les magnifiques jardins des tuileries et du carrousel.

Elle aurait pu s'y offrir une longue ballade, mais il faisait vraiment trop chaud « cela sera pour une autre fois » pensa-t-elle, à regret. Elle décida de passer par l'entrée principale, au niveau de la pyramide. Une fois engouffrée à l'intérieur, elle admira la vue imprenable sur les façades de la cour Napoléon. Elle y aimait chaque recoin. En suivant un itinéraire précis, elle se faufila sous la pyramide, inondée de lumière, la gigantesque sculpture qui s'offrait à elle la laissa sans voix. Elle avait beau l'avoir vu des centaines de fois, à chaque fois, elle lui donnait toujours cette même impression, lui procurant des sensations que seuls de tels ouvrages entraînaient chez elle. Une nouvelle fois, elle avait eu raison de se fier à son instinct, cette visite, c'était tout ce dont elle avait besoin, lui permettant l'oubli, ne serait-ce que pendant quelques heures. Après avoir déambulé par delà d'immenses couloirs, elle se décida, à regret, à quitter le musée. Elle reprit la RAM dans l'autre sens, fit quelques courses pour se faire un plateau-repas et entra dans son immeuble.

Elle prit l'ascenseur et appuya machinalement sur le quatrième bouton. Quelques minutes plus tard, elle était à nouveau chez elle. Un appartement, certes, un peu petit, mais très fonctionnel. De plus, elle avait toujours détesté habiter dans de grands espaces. Ici elle se sentait protégée, comme si elle se trouvait dans un cocon, un nid douillet.

Elle jeta un œil sur son répondeur. Aucun message. Malgré elle, poussa un soupir de soulagement, ce qui était complètement ridicule. Cela remontait à combien de temps maintenant ? Plus de quinze ans ? S'il avait voulu la retrouver, il l'aurait fait depuis longtemps. Elle le savait, elle se le répétait souvent, mais rien à faire, la peur était là, tapie au fond d'elle et il suffisait d'un rien, un mot, une image, une photo pour qu'elle ressurgisse.

Il était encore tôt pour manger. Elle rangea les quelques courses qu'elle avait fait, puis, s'installa au salon. Celui-ci était composé d'une table basse, un écran plat dernière génération avec home cinéma, une large bibliothèque en pin massif où des livres de tous genres y étaient rangés, parfois même empilés, un canapé d'un blanc immaculé accompagné d'un fauteuil du même ton. Tout y était rangé avec soin, le parquet lustré régulièrement brillait de mille feux. Elle alluma la télé sans faire attention à la chaîne qui s'inscrivait à l'écran et s'installa dans son lourd fauteuil en cuir, devant son outil de travail et principal ami en ce bas monde : son ordinateur portable. Elle y flâna pendant de longues minutes, s'intéressant au dernier article lié à son travail et surtout touchant de près la peut-être future chanteuse qui deviendrait son employeur, puis remit à jour son compte e-mail. Elle sentit alors son ventre réclamer quelques aliments. Elle se prépara un rapide plateau-repas, composé de chips, croissant au jambon et yaourt et partit s'affaler dans son canapé tout en jetant un regard morne sur une série télévisée passant en boucle sur une des chaînes du câble. Elle décida finalement de regarder un DVD, une belle histoire d'amour qui à coup sûr allait la faire verser quelques larmes.

Quelques heures plus tard, vaincue par sa longue ballade de l'après-midi associée à la chaleur moite de ce mardi, elle partit se coucher après avoir pris une douche quasiment froide.

****

Le lendemain, ce fut la sonnerie de son portable qui la tira hors de son lit, elle s'en félicita d'ailleurs, car le rêve qu'elle faisait était loin d'être agréable.

- Allô fit-elle d'une voix encore ensommeillée.

- Mlle Bettina Rémy ?

- C'est elle-même.

- Bonjour, je suis la secrétaire particulière de Mr Lancaster, après en avoir parlé avec ses collaborateurs, celui-ci tenait à vous faire part de sa décision concernant votre candidature.

- Je vous écoute dit Bettina la voix brusquement sèche.

- Vous avez le poste, félicitations !

Bettina poussa un soupir de soulagement. Un mélange d'excitation et d'appréhension monta en elle. Sensation déjà éprouvée lors de poste d'avant, mais elle sentait que celui-ci serait différent sans savoir exactement d'où provenait ce style d'intuition.

- Quand dois-je prendre mes fonctions ?

- Le plus tôt sera le mieux, Louann Malouy qui est la directrice commerciale est débordée, un coup de main serait la bienvenue.

- Très bien, je suis disponible de suite.

- Parfait, voyons nous sommes mercredi ? Si je vous demandais de vous présenter vendredi, cela vous conviendrait, ou serait-ce trop tôt ?

« Vendredi, déjà ? »

- Non, ça me convient tout à fait.

- Présentez-vous directement au bureau de Mr Lancaster, disons vers neuf heures trente. Il vous attendra et vous présentera Louann. De plus, celui-ci vous parlera peut-être d'une fonction qui n'est pas présente dans votre contrat. Il vous en dira plus vendredi.

- D'accord, merci à vous.

- À vendredi, Mlle Rémy.

- À vendredi.

Bettina raccrocha un sourire aux lèvres. Ce boulot, elle l'avait tellement voulu qu'elle avait du mal à réaliser qu'elle était embauchée.Elle se demanda quand elle aurait le grand honneur de rencontrer la célèbre Carrie Loumar. Comme elle était maintenant parfaitement réveillée, elle prit un café bien noir accompagné d'un croissant. « Voilà une journée qui commence fort bien » songea-t-elle. Le soleil cognait déjà fort aux fenêtres, elle baissa un peu les stores pour préserver son appartement de la chaleur, prit une longue douche froide, enfila rapidement un short et un débardeur sans manche et fila vers son PC. Elle balança deux ou trois mails afin d'annoncer la bonne nouvelle à ses amis (es) les plus proches, allait appeler sa mère, puis se ravisa se disant qu'elle allait forcément finir par faire signe de vie. « Surtout si elle a déjà eu sa première visite chez son psy » pensa, malgré elle, Bettina. Elle traîna toute la journée, mais c'était une farniente agréable, presque tranquille.

En fin de soirée, elle jeta un œil sur sa garde-robe. "Pas terrible" et se promit que dès le lendemain, elle achèterait deux ou trois tailleurs histoire d'être impeccable le jour J de son embauche.

Comme elle l'avait deviné, sa mère appela un peu plus tard dans la soirée. Bettina écouta son babillage futile sans vraiment y participer. Sentant que sa mère allait raccrocher, elle finit par lui dire :

- Ah, au fait, j'ai décroché le poste, maman.

- De quoi parles-tu ma chérie ?

- Maman, je t'en avais déjà parlé. Tu te souviens, j'ai postulé pour un poste d'attaché presse auprès de Carrie Loumar.

- Carrie Loumar ? Ça me dit quelque chose, c'est qui ? Une star ? Une chanteuse, quelque chose comme ça ?

- C'est une chanteuse maman. Elle a un certain succès.

- Alors comme ça, tu as finalement décidé de reprendre ce style de job.

- Je ne pouvais pas rester sans rien faire, tu sais que c'est contre ma nature.

- Bien sûr, bien sûr, mais cette personne ne va pas te demander de déménager au moins ?

- Je ne pense pas maman, je n'en sais rien.

Je commence vendredi.

- Tu sais combien j'ai besoin de toi !

« Tu as plus besoin de ton psy que de ta propre fille » Bettina se mordit la langue et répondit calmement :

- Je sais maman, je serais toujours là, ne t'inquiète pas.

- Très bien, bon, je dois te laisser. Arthur m'a invité à un dîner mondain, puis nous finirons la soirée dans la dernière boite de nuit à la mode ! Ce type est fou de moi, que veux-tu ?

- Rien maman, amuse-toi bien.

- Toi aussi, tu ferais mieux de sortir un peu, à ton âge et toujours personne dans ta vie !

- Tu as la mémoire courte maman !

- Allons ma chérie, ça fait plus de quinze ans maintenant, ne me dis pas que tu n'as toujours pas tourné la page ! Ce n'est pas bon de vivre dans le passé, je ne t'ai pas élevé ainsi.

- Ne t'en fais pas, tout va bien.

- Alors tant mieux, à la prochaine ma chérie.

- A bientôt maman.

Bettina raccrocha se disant que sa mère faisait fort. En à peine deux coups de fil, elle l'avait entraîné dans la ronde de ces souvenirs, et elle aurait grandement pu se passer de ce brutal retour dans son passé. Passablement agacée par cette discussion qui n'avait rien apporté de bon, elle décida de se pencher un peu plus celle qui ferait bientôt partie de sa vie : Carrie Loumar.

Après avoir surfé quelques heures sur le net, elle sentit ses yeux commencés à la brûler, signe qu'il était grand temps d'aller se coucher.

Elle s'étira langoureusement, comme l'aurait fait un jeune chat, quitta presque à regret ce petit coin de salon qu'elle affectionnait et alla s'allonger dans son grand lit. Elle s'endormit presque aussitôt.

****

Le lendemain, veille de son embauche, Bettina, après un rapide petit déjeuner, sortit pour aller faire les boutiques.

Elle connaissait son quartier comme sa poche, les ruelles, les boutiques luxueuses et celles où sans conteste, elle trouverait son bonheur. Elle choisit rapidement trois tailleurs et craqua pour deux autres pantalons. Pensant que sa garde-robe était suffisamment garnie, elle mangea en plein centre-ville mais à l'intérieur, car dehors, il faisait beaucoup trop chaud. Ensuite, elle se faufila dans le métro et rentra chez elle. Satisfaite de ces achats, elle les contempla, en essayant un devant la glace, puis un autre. Finalement, elle opta pour une chemise crème en soie associée à un pantalon léger en lin. Le tout rehaussait son teint bronzé et sa silhouette juvénile. Elle feuilleta un magazine, jetant un œil régulier vers la pendule. Trop impatiente d'être enfin au vendredi, elle attendait que les minutes défilent et qu'il soit l'heure d'aller se coucher. Enfin, vingt-deux heures arrivèrent. Elle s'allongea, les yeux dans le noir, imaginant mille scénarios pour le lendemain. Vaincue par la fatigue, elle finit par s'endormir que tard dans la nuit.

Elle se réveilla avant même que son réveil ne sonne. Il était à peine neuf heures, elle se leva d'un bond toute excitée par ce premier jour d'embauche.

Une fois sa douche prise, elle prit un copieux petit-déjeuner, ne sachant pas si et surtout quand elle pourrait se restaurer à nouveau. L'heure d'y aller arriva vite, elle quitta son petit appartement et marcha droit devant elle sans même prêter attention aux coups d'œil appréciateurs de certains passants. Bettina était une belle femme, elle ne le savait que trop bien. Désirable, un brin sensuel, elle ne faisait pas grand cas de ses atouts féminins. Arrivée devant le lourd bâtiment, elle respira un grand coup et s'y engouffra. Personne à l'accueil, qu'importe, elle se dirigea sans une hésitation vers l'ascenseur et appuya sur le trois. Celui-ci monta dans un bruit léger, comme un doux ronronnement. Arrivée à destination, elle aspira une bouffée d'air frais et se dirigea vers le bureau de son futur patron. Elle frappa deux coups légers. La même voix que lors de son entretien lui pria d'entrer. C'était bien Mr

Lancaster qui la regardait s'avancer vers lui tout sourire. En levant les yeux vers lui, elle se surprit à penser que c'était la première fois qu'elle le voyait sourire ainsi et que cela lui allait bien. Son regard fut ensuite attiré par la jeune femme se tenant près de lui. En simple jean et chemisette, brune, les yeux d'un bleu profond, elle esquissa elle-même un sourire qui creusa deux jolies fossettes. Son regard attentif et bienveillant se posa sur Bettina sans plus vouloir le quitter.

- Bonjour Bettina, je peux vous appeler Bettina ? fit Mr Lancaster en lui tendant une main à la fois bronzée et franche.

- Euh, oui, bien sûr.

- Parfait, permettez-moi de vous présenter Louann Malraux, le bras droit de Carrie. C'est elle qui gère aussi toute la partie commerciale de notre entreprise et croyez-moi, c'est un sacré boulot.

- J'imagine.

Louann fit un pas en avant. Légèrement plus grande que Bettina, elle avait des formes un peu plus généreuses, mais celles-ci au lieu de la desservir, lui seyaient à ravir. Son regard franc se posa calmement sur Bettina.

Celle-ci pensait, en toute logique, qu'elle allait effectuer le même geste que Mr Lancaster pour la saluer, au lieu de cela, elle posa une main sur son épaule et déposa un baiser sur sa joue. Bettina, malgré elle, recula d'un pas et la fixa, étonnée.

- Excusez la familiarité de Louann, elle est ainsi, très amicale.

- Je suis surtout ravie d'avoir enfin un coup de main fit Louann, un rire léger dans la voix.

- Je ferais de mon mieux pour vous épauler.

- Votre CV est impressionnant et vos connaissances en matière de journaliste le sont tout autant. Vous me serez d'une grande aide, soyez-en certaine.

- Merci, ce travail me tient à cœur, il est vrai. J'ai hâte de commencer.

- Et bien, quelle énergie ! J'adore ça !

Louann se tourna vers Mickaël Lancaster et lui lança visiblement ravie :

- Tu avais raison, elle est parfaite !

- J'ai le flair pour cela, je te l'avais dit.

Louann reporta son attention vers Bettina. Peu habituée à être détaillée ainsi de la tête aux pieds, vaguement gênée, celle-ci baissa les yeux.

- Je vais d'abord vous faire visiter les lieux, puis vous montrer votre bureau, il est juste à côté du mien, ainsi, nous pourrons plus facilement travailler ensemble.

Après avoir effectué le salut d'usage envers son nouvel employeur, Bettina suivit Louann dans le dédale des couloirs.

- Çà peut paraître immense vue ainsi, mais vous allez voir, vous finirez par vous y retrouver facilement.

- Ce bâtiment est le siège social de la société, c'est bien cela ?

- Tout à fait, nous avons aussi deux autres bureaux en ville, mais nous les utilisons essentiellement comme agence commerciale.

- Je comprends, par où devons-nous commencer ?

- La priorité, c'est l'affiche pour la tournée nationale de Carrie associée à diverses interviews qu'elle consentira à bien vouloir donner.

- J'ai lu qu'elle était très sélective dans ces choix, acceptant que certains journalistes et refusant toute interview spontanée.

- Je vois que vous vous êtes renseignée, c'est tout à fait exact. Si cela ne vous dérange pas, nous allons nous répartir la tâche. Moi, je continue de plancher sur les diverses affiches que nous allons pouvoir proposer au public ainsi que de caler les diverses avant-premières de son prochain album. Vous, vous prendrez les divers rendez-vous pour tout ce qui concerne de près ou de loin la presse : articles dans les magazines, interviews divers télévisuels ou qui seront retranscrites dans les diverses revues, apparition de Carrie dans certaine manifestation, etc....

- Ai-je une liste de journaliste à consulter ou non ?

- Oui, la liste est quasi terminée. Nous finirons de la compléter avec Carrie.

- Carrie ? Vous voulez dire que je vais la voir là tout de suite ?

- Bien sûr que vous allez la voir rapidement, cela a l'air de vous surprendre ?

- Mais je pensais qu'elle était inapprochable !

- Pour son public et la presse, oui, mais vous serez peut-être l'une de ses plus proches collaboratrices. De plus, Carrie souhaite absolument choisir où et comment elle apparaîtra au public. Vous verrez, elle est impressionnante comme ça, mais elle est très gentille quand on la connaît bien.

- Vous voulez dire quoi par « vous serez peut-être l'une de ses plus proches collaboratrices ? »

- Oh, je vois que Mickaël ne vous a rien dit. Et bien, voilà, nous avons bien réfléchi, nous nous sommes aussi, disons, renseignés sur vous. Ne vous inquiétez pas, ce que nous savons de vous n'a fait que renforcer ce que notre intuition savait déjà. Vous avez côtoyé de grandes stars, interviewé les grands de ce monde, vous vous êtes fait un nom dans le monde journalistique. À partir de là, nous avons décidé de vous confier tout ce qui touche de près ou loin à la presse avec quelques tâches en plus, du style : prise des rendez-vous par rapport à Carrie et si vous vous en sortez bien dans ce que nous vous avons confié, alors, vous deviendrez avec moi la plus proche collaboratrice de Carrie.

- Et en quoi consisterait alors mon job ?

- Il sera quasi identique, à la seule différence que vous côtoierez de beaucoup plus près Carrie et que vous la suivrez dans tous ces déplacements.

- Je comprends.

- Bon, et si je vous amenais directement vers notre lieu de travail ?

Elles se dirigèrent vers une grande porte vitrée, dessus deux noms : "Mlle Rémy Bettina § Mlle Louann Malraux « Attachées de presse » . Flattée de voir déjà son nom inscrit sur la porte, Bettina entra dans une vaste pièce. Elle fut toute de suite impressionnée et enchantée du cadre que lui offrait ce bureau. La première chose qui accrochait le regard était l'immense baie vitrée juste en face d'elle. Elle s'y approcha et contempla la vue donnant directement sur la tour Eiffel. « C'est magnifique » juste devant la baie, trônait un immense bureau en acajou. Dessus, un sous-main en cuir marron, un ordinateur portable branché, prêt à l'emploi, un téléphone sans fil, un portable et quelques crayons dans une boîte à l'effigie de Carrie. À gauche se trouvait une immense armoire grise composée d'une dizaine de tiroirs, à droite, un simple porte-manteau. Ces quelques meubles finissaient d'habiller la pièce.

- Cela vous convient-il ?

- Il est magnifique.

- J'ai sa copie conforme juste à côté, cette porte y mène directement.

- Cela doit être agréable de travailler dans de telles conditions.

- L'empire Carrie Loumar commence à être gigantesque et nous offre effectivement la possibilité de travailler de manière, disons, confortable.

- J'ai entendu dire que ses affaires se portaient bien.

- Ce n'est rien de le dire. Son succès fulgurant nous a tous et toutes surpris, agréablement bien sûr. Cependant, il a fallu restructurer, agrandir et former de nouvelles personnes, en engager aussi.

- Vous connaissez Carrie depuis longtemps ?

- Oui, nous sommes de vieilles amies. Nous étions dans le même lycée, puis dans la même université. Le hasard a fait que de mon côté, je fasse des études de journaliste et qu'elle commence à chanter. Nous nous sommes revues il y a une dizaine d'années au détour d'un plateau télévision. Nous avons été prendre un café et notre vieille amitié a recommencé à tisser ses liens.

- Je comprends.

- Ne vous inquiétez pas, nous allons commencer tranquillement.

Louann se dirigea vers son bureau, d'où elle était, Bettina pouvait entrapercevoir le monticule de dossiers qui s'accumulait sur l'espace pourtant immense du meuble en pin massif. Louann en prit deux sur la pile et revint rapidement vers Bettina. Tout en lui en tendant un, elle reprit la parole :

- Voici la liste de tous les journalistes qui nous ont contactés. Comme vous le voyez, elle est impressionnante et continue de s'allonger chaque jour.

Bettina tout en écoutant les explications de Louann feuilleta ledit dossier. Sur une simple page blanche, une trentaine de noms était listée, elle les survola, elle en connaissait certains, d'autres non.

- Bon, le but de la journée, c'est de trier ces deux listes et en faire une nouvelle susceptible de convenir à Carrie. Une fois cela fait, je la faxerais directement chez elle ou, si nous avons de la chance, lui en parlerait de vive voix.

- Carrie est sur Paris en ce moment ?

- Elle voyage beaucoup, mais oui, aux dernières nouvelles, elle est dans les parages. J'imagine que vous avez hâte de la voir ?

- Je ne sais pas vraiment. Je ne suis pas fan de ce style de musiques. Plus que la chanteuse, c'est l'humain qui se cache derrière qui m'intéresse.

Louann jaugea Bettina du regard, une esquisse de sourire se dessina sur ses lèvres pulpeuses.

- Alors, je pense que vous allez l'aimer.

- Nous verrons bien.

Les deux jeunes femmes travaillèrent d'arrache-pied, elles firent une rapide pause-déjeuner, commandant de simples sandwichs en guise de repas.

- Ça va, le rythme n'est pas trop soutenu ?

- Non, j'ai toujours aimé travaillé dans l'urgence et ce rythme-là me convient tout à fait.

- Parfait approuva Louann.

Alors que Louann farfouillait des infos sur un des journalistes notés sur la feuille blanche, le portable posé en évidence sur le bureau de Bettina retentit.

- Vous pouvez décrocher s'il vous plaît ?

- Euh oui, bien sûr.

Bettina répondit nerveusement. À l'autre bout, une voix jeune, un brin grave, lança joyeusement :

- Louann, c'est moi, dis-moi tu t'en sors avec cette foutue liste ?

Visiblement, l'interlocutrice ne trompait

de personne.

- Euh, il ne s'agit pas de Louann, mais Bettina la nouvelle attachée de presse.

- Bettina vous dîtes ? Ah oui, la belle blonde que Mickaël a engagée ?

- C'est ça, la belle blonde marmonna, Bettina.

- Pouvez-vous me passer Louann, s'il vous plaît ?

- Bien sûr.

Bettina se dirigea vers le bureau de Louann. Celle-ci, les sourcils froncés, cherchait visiblement quelque chose qu'elle ne trouvait pas ! En voyant se tendre le portable, elle interrogea simplement Bettina du regard.

- Je ne sais pas qui c'est, elle veut vous parler.

- Merci murmura Louann.

Ne sachant pas s'il s'agissait d'une conversation privée ou non, Bettina préféra refermer la porte et se plongea à nouveau dans sa tâche. Quelques minutes plus tard, elle entendit Louann éclater d'un rire sonore, elle leva la tête vaguement étonnée, mais finalement, haussa les épaules et reprit son travail. Louann franchit à nouveau la porte et reposa le portable sur le bureau de Bettina.

- Sans blague, vous ne savez vraiment pas à qui vous avez parlé à l'instant.

- Non, elle ne s'est pas présentée et de plus, elle m'a traitée de belle blonde !

Louann rit doucement et finalement lança :

- Je pensais que vous aviez deviné, vous venez de faire avec connaissance avec Carrie.

- Mince, vous voulez dire Carrie ? Notre Carrie ?

- C'est ça. Je lui avais filé nos deux numéros, dans la précipitation, elle a composé le mauvais.

- Je ne pouvais pas deviner.

- Effectivement, mais sachez une chose, Carrie ne se présente jamais, estimant que l'interlocuteur qu'elle appelle doit savoir qui elle est.

- Ouais, elle a dû me trouver complètement nulle.

- Pas du tout, je lui ai d'ailleurs dit qu'elle aurait dû se présenter, tout comme vous l'avez fait.

- Ce n'est rien, je ne m'y attendais pas, c'est tout.

- Et vous faire traiter de belle blonde,

encore moins, non ?

- Hum, ça, ce n'était pas super agréable non plus, c'est vrai.

- Dans la bouche de Carrie, crois-moi, c'est un compliment.

- Si tu le dis.

Les deux nouvelles collègues sans même s'en être aperçu étaient passées au tutoiement.

- Ah, une dernière chose Bettina.

- Oui ?

- On continue de se tutoyer, c'est plus sympa, non ?

- Bien sûr.

- Bon, nous avons du pain sur la planche. Carrie souhaiterait que cette liste soit terminée, dans le pire des cas lundi. J'espère que tu n'avais rien prévu ce soir.

- Non, rien du tout.

- Parfait, alors continuons.

Elles travaillèrent jusque tard dans la nuit. Vers vingt-trois heures, elles décidèrent de lever le camp ; chacune emportant du travail à la maison. Avant de se quitter, Louann lança, espiègle, à Bettina :

- Tu as pris ton portable ? Carrie pourrait peut-être bien t'appeler ce week-end.

- Et pour me dire quoi ?

- Tu fais partie de la maison maintenant et il ne serait pas si surprenant que ça qu'elle souhaite te joindre.

- Je ne le crois pas. Elle ne me connaît pas du tout et d'après ce qui se raconte, elle ne donne pas sa confiance facilement. De plus, si j'ai bien compris, vous êtes les meilleures amies du monde. J'imagine donc que si elle doit appeler quelqu'un ce week-end, ce sera toi.

- Bien vue. Bon te bile pas, sur ton portable, je t'ai inscrit mon numéro. N'hésite surtout pas à me joindre si tu as le moindre doute sur un dossier ou si tu veux savoir quelque chose. Tu ne me dérangeras pas, d'accord ?

- Oui, je le ferais.

- Une dernière chose Bettina.

- Oui ?

- Tu as fait de l'excellent boulot aujourd'hui. Mickaël a eu raison de t'engager.

Bettina se sentir rosir, touchée par le compliment.

- Merci.

- Nous nous voyons lundi, disons vers dix heures, ça ira pour toi ?

- Oui, c'est parfait.

- Passe un bon week-end et ne bosse pas trop !

- Oui, j'essaierais.

Bettina regagna rapidement son domicile. Elle n'aimait pas rentrer tard le soir. La nuit, l'obscurité l'avait toujours angoissé, enfin pas toujours... Alors qu'elle prenait l'ascenseur, elle se repassa le film de la journée. C'était globalement très positif. Elle n'avait eu qu'un faible aperçu de son travail, mais ce qu'elle en avait vu, lui plaisait beaucoup. De plus, Louann semblait être une chouette fille, simple, mais efficace. Elle se prit même à penser qu'il lui serait facile d'être amie avec elle. Dès que cette pensée l'effleura, elle la chassa de son esprit. « Être amie" cela voulait aussi dire se parler, peut être même un jour se confier. Rien que d'y penser, sa gorge se noua. Elle devait rester professionnelle, amicale, mais avant tout professionnelle. Elle prit une bonne douche histoire de se délasser. Malgré la fatigue, elle eut du mal à trouver le sommeil.

****

Le lendemain, après avoir pris un café bien noir, elle feuilleta les diverses notes prises la veille. Il lui restait encore beaucoup de travail. Elle s'installa sur son bureau, certes petit, mais fonctionnel et alluma son PC portable. Elle fit quelques recherches de base, puis ce fut plus fort qu'elle, ses doigts vagabondèrent sur le clavier écrivant déjà le nom de la célèbre chanteuse. Elle la détailla sans vergogne. Carrie était une femme splendide. Châtains clairs, les yeux d'un noir de jais, elle avait un sourire presque carnassier, terriblement sensuel en tous les cas. Une silhouette à la fois mince et musclée, sans doute modelée par des heures de travail dans une salle de musculation, entraînée par un de ses coachs privés à la mode. L'esprit de Bettina se mit à vagabonder vers des contrées plus sensuelles, érotiques même. La sonnerie de son portable la fit revenir à la réalité. C'était le portable du boulot.

- Oui ?

- C'est Louann, tu vas bien ?

- Oui, très bien. Je suis en plein boulot.

- Déjà ?

- Oui, plutôt j'aurai commencé, plutôt j'aurai terminé.

- Je t'appelais pour savoir si c'était toi qui faisais la recherche sur le journaliste Pierre Rambaud ?

Bettina farfouilla dans tous ses papiers, elle finit par tomber sur le nom prononcé quelques secondes plutôt par Louann.

- Oui, c'est moi.

- Tu pourrais savoir ce qu'il a publié et pour le compte de qui, ainsi que sa cote de popularité dans le show biz

- Pas de soucis, je vais te faire un petit résumé de tout ça.

- Merci, dis-moi, ça m'embête beaucoup que tu sois coincé tout le week-end à cause de ce travail, si tu le souhaites, nous pourrions nous voir ce soir, j'apporterais des pizzas et nous continuerons de bosser, ça pourrait être sympa.

- T'es gentille, mais ce soir, j'aimerais me coucher tôt. Une autre fois, peut-être.

- Pas de problèmes, je comprends. Passe un bon week-end.

- Merci, toi aussi.

Une fois raccrochée, Bettina se fit un café bien fort et continua tranquillement son travail. Elle ne vit pas ces deux jours passer. Le lundi matin, elle se retrouva sans même s'en être rendu compte aux pieds de l'immense immeuble. Elle en franchit la porte et se dirigea vers l'ascenseur. La montée fut rapide ; puis, elle longea un couloir, prit à gauche, à droite et vit son bureau se profiler au loin. Le sien était fermé, mais elle remarqua que la porte séparant les deux pièces était entrebâillée. Elle y passa la tête, Louann y était déjà.

- Salut fit Bettina.

La jeune femme leva brutalement la tête, afficha son superbe sourire et sans façon, elle la salua en lui faisant la bise.

- Ça fait longtemps que tu es ici ?

- Non, je viens juste d'arriver.

- Ah, tant mieux. J'avais peur d'être en retard.

- Tu es parfaitement à l'heure, t'inquiètes.

- Bon, je crois que j'ai fini ce que tu m'avais demandé.

Impatiente de savoir ce que valait son travail, Bettina attendait le verdict. Louann feuilleta ses notes, les compara aux siennes, puis posa calmement son regard sur elle.

- C'est de l'excellent boulot. Bravo.

- Merci, j'ai fait de mon mieux.

- Et cela me convient tout à fait. Je vais de suite faxer cette liste à Carrie. Elle va être ravie d'avoir enfin le nom de tous ces journalistes.

- À propos de Carrie, je peux te poser une question qui me turlupine depuis vendredi ?

- Oui, bien sûr, je t'écoute.

- Nous pouvons dire que Carrie est devenue une star, adulée par des millions de fans ?

- En effet approuva Louann

- Qu'elle ne peut pas mettre le nez dehors sans avoir une cohorte d'individus à ses trousses !

- Toujours exact.

- J'ai déjà fréquenté ce style de star et en général, elles ne se préoccupent guère du nom des journalistes qui vont les interviewer ou même de savoir quelle photo sera publiée dans telle ou telle revue. Elles ont une équipe pour cela et elles leur font confiance.

- Oh, mais Carrie a toute confiance en son équipe, seulement, elle est ainsi, elle aime donner son avis sur tout. Elle est très exigeante vis-à-vis de l'image qu'elle peut montrer à son public. Elle aime contrôler ces choses-là, c'est vrai. Cela pourrait poser problème, au contraire, c'est très agréable de travailler avec elle, car nous savons toujours ce qu'elle veut et surtout ce qu'elle ne veut pas. De plus, malgré sa notoriété, elle a su rester simple.

- Je comprends, mais tout ceci doit lui demander un travail dingue.

- Pas tant que ça, nous prenons en charge le plus gros du boulot. Nous lui montrons les choses que lorsqu'elles sont terminées ou en passe de l'être. Nous attendons qu'elle donne son verdict et ré ajustons si besoin.

- Dis ainsi, cela semble simple.

- Mais parce que ça l'est, je comprends que cela puisse être déstabilisant pour toi. C'est une autre façon de travailler, mais tu verras, je suis sure que tu t'y habitueras très vite.

- C'est vrai que c'est un peu perturbant, mais je devrais pouvoir m'en sortir fit Bettina, esquissant un sourire.

- Je suis totalement rassurée, vu le travail considérable que tu as abattu ces jours derniers.

- J'imagine que nous allons devoir contacter tous ces journalistes afin de caler quelques interviews.

- Une fois que nous aurons l'accord de Carrie, nous pourrons foncer. Si je prends la moitié de la liste et toi, l'autre partie, ça t'ira ?

- Dis-moi, tu m'as bien engagée pour te soulager ? Je veux dire que tu as sans doute d'autres dossiers à préparer, non ?

- Oui, je dois m'occuper des affiches, contacter les commerciaux des diverses chaînes de magasins. Savoir à quelle date son prochain album sera fini et bien d'autres choses encore.

- Bon, si tu es d'accord, je me chargerais de la liste, appellerais les divers journalistes pour voir avec eux les dates de leur interview. Ce qu'il me faudrait, c'est l'emploi du temps de Carrie, tu aurais cela quelque part ?

- Bien sûr. Il faudra juste vérifier avec son manager si les dates déjà planifiées sont toujours OK, voir avec elle si elle aurait calé d'autres rendez-vous sans penser à les noter et surtout lui demander quand elle souhaite débuter les prochaines interviews. En principe, nous faisons une mini réunion avec l'équipe pour voir cela avec elle.

- Très bien, alors, tu pourrais voir avec elle quelle date serait elle disponible pour faire cette réunion.

- J'aime ta motivation ! Pas de soucis, je l'appelle de suite.

Alors qu'elle cherchait son téléphone portable qu'elle finit par retrouver sous deux lourds dossiers, Louann jeta un regard pensif à Bettina.

- Tu m'as bien que tu prenais en charge ce dossier ?

- En effet.

- Alors, voici ta première mission, en solo. Tu appelles Carrie et tu lui demandes simplement quand nous pouvons caler la mini réunion pour organiser les premières interviews.

- Quoi ? Moi appeler Carrie ?

- Faudra bien que tu te lances un jour et là, c'est le moment où jamais, non ?

- Elle ne sait même pas qui je suis.

- Détrompe-toi, elle sait parfaitement qui tu es.

- Vraiment ?

- Qu'est ce que tu crois ? Que Carrie ne s'informe pas ? Je te rappelle quand même que tu es maintenant son attachée de presse et peut être un jour, sa secrétaire personnelle.

- Oui, admettons.

- Ne t'en fais pas, je l'ai déjà prévenue qu'il se pourrait que tu essaies de la joindre tôt ou tard, elle a trouvé cela normal.

Malgré tout, Bettina était un peu stressée, ce qui était, à bien réfléchir, un peu illogique. En effet, ce n'était pas la première fois qu'elle s'adresserait à une star et elle n'avait jamais été vraiment impressionnée par celles-ci alors pourquoi Carrie ? Pourquoi cette jeune femme qu'elle n'avait croisée qu'au détour d'un magazine ou d'une page internet la rendait à ce point nerveuse ? Au fond d'elle, elle avait une idée, une vague idée mais ces rêves et ses « pensées » pouvaient à elles seules répondre à ses questions.

- Son numéro est dans ton répertoire, au nom de Carrie, bien sûr fit Louann, tout sourire.

- Merci, c'est trop gentil.

Elle sentit son cœur battre un peu plus vite lorsqu'elle lança l'appel. Elle compta le nombre de sonneries espérant en secret tomber sur son répondeur. Cependant, ce fut une fois à la fois grave et chaude qui lança :

- Oui Bettina, je vous écoute.

- Bonjour Mlle Loumar, je vous appelle pour fixer une réunion afin de convenir avec vous et le reste de l'équipe des dates des prochaines interviews.

- Euh, oui. Attendez que je mette la main sur ce foutu agenda. Manuel m'a acheté un truc super sophistiqué auquel je ne comprends rien ! Bon, OK, voyons voir, je serais disponible lundi de la semaine prochaine, disons vers quatorze heures, je vous laisse prévenir le reste de l'équipe.

- Oui, je m'en occupe de suite.

- Parfait. Je viens de recevoir la liste, elle me convient. Vous avez fait du très bon travail.

- Merci Mlle Loumar. A bientôt.

- Une dernière chose Bettina.

- Oui ?

- Appelez-moi Carrie, comme toute personne faisant partie de mon équipe.

- D'accord, très bien Carrie.

- A lundi.

- Oui, à lundi.

Bettina raccrocha et résuma sa conversation avec Carrie.

- J'appelle de suite le reste de l'équipe fit Louann.

- D'accord.

Louann passa quelques coups de fil, puis se tourna vers Bettina :

- J'ai l'impression que cette première prise de contact s'est plutôt bien passée, non ?

- Oui, effectivement.

- Ne t'en fais pas, Carrie n'est pas du genre à te mettre des bâtons dans les roues. Si elle a quelque chose à te dire, elle le fera en face. C'est quelqu'un d'exigeant, mais qui sait que nous travaillons dur et qu'elle peut avoir toute confiance en nous.

- Cette réunion se tiendra où ?

- Dans l'un des bureaux de cet immeuble, situé plus au Nord. J'en profiterai pour te présenter le reste de l'équipe. En attendant, continuons de bosser.

Une fois de plus, Bettina ne vit pas la journée passer, ni même la semaine, qui se déroula à un rythme d'enfer. Comme lui avait expliquée Louann, l'équipe avait pris beaucoup de retard, un peu dépassé par le succès de Carrie. Cependant, le groupe avait engagé quelques personnes et la pile de dossiers accumulés depuis quelques mois descendait tranquillement. Ce même week-end, Louann proposa à nouveau à Bettina de venir la voir, celle-ci, une fois de plus, refusa. Ce dimanche soir, Bettina se demandait pendant encore combien de temps elle arriverait à repousser les propositions de Louann. Celle-ci était vraiment une chouette fille, prévenante, attentive et attentionnée. Mais, Bettina ne pouvait pas se permettre de se lier d'amitié avec elle ni avec quiconque, d'ailleurs...

Le lundi matin, un peu nerveuse, Bettina se rendit à nouveau à son travail. Louann était déjà présente. Après s'être salué chaleureusement, Louann planta un regard attentif sur Bettina et lui lança :

- Çà va ? Tu as passé un bon week-end ?

- Oui, très bien, et toi ?

- Moi aussi. Pas trop stressée par la réunion de cet après midi ?

- Un peu, mais ça va aller.

- Bien sûr que cela va aller. Ne t'inquiète pas, si je te sens en difficulté, je viendrai à ton secours !

- Merci, mais j'ai bien préparé le dossier, j'espère que cela se passera bien.

- Si l'équipe te sent un peu nerveuse, personne ne t'en voudra.

- C'est gentil de me rassurer.

Ce jour-là, de manière exceptionnelle, elles réussirent à faire presque un vrai repas. Bettina, essayant de ne pas regarder sa montre, recommença à se plonger dans ses dossiers lorsque Louann lui lança :

- Désolée ma belle, mais c'est l'heure d'y aller .

Bettina leva brusquement la tête. « Déjà » Elle referma son dossier, Louann la main sur la porte, l'attendait patiemment, en souriant. Elles franchirent quelques couloirs en silence, prirent l'ascenseur et continuèrent à marcher le long d'un corridor blanc immaculé.

- Nous sommes bientôt arrivées précisa Louann.

Tout au bout du couloir, deux battants de porte l'un de couleur noir, l'autre rouge, les attendait. Sans hésiter, Louann les franchit, suivie de près par Bettina. La salle était de taille moyenne, composée d'une grande table prenant presque toute la place, tout autour, des sièges tissés de velours noirs et rouges composaient la pièce. Tout y était sobre et de bon goût. Le sol était d'un blanc immaculé, les murs étaient composés d'un mélange savant de deux couleurs dominantes : le borde   au et le noir. Çà et là, quelques affiches d'anciennes tournées de Carrie finissaient de décorer la pièce.

- C'est ici que se passe l'ensemble des réunions avec   l'équipe, où sont prises toutes   les   décisions   importantes concernant l'entreprise Carrie Loumar.

- C'est une belle salle de réunion.

- N'est ce pas ? Installons-nous ici, nous serons très bien.

Elles s'assirent en plein milieu de la pièce et posèrent leur dossier devant elles. Quelques minutes plus tard, des voix se firent entendre dans le couloir et le reste de l'équipe fit son apparition. Deux hommes et une femme. Louann fit les présentations.

- Tu connais déjà Mickaël Lancaster, juste à côté de lui, Dany Pioli, directeur commercial et cette jeune femme que tu vois près d'eux, il s'agit de Kristen Bronx, responsable marketing. Il ne manque plus que Carrie et son imprésario et l'équipe sera complète.

Après avoir salué chaleureusement les trois nouveaux arrivants, en attendant de commencer la réunion, ils se mirent à discuter de tout et de rien, tout cela dans une ambiance bon enfant. Peu de temps après, la porte s'ouvrit à nouveau et Bettina ne put s'empêcher de dévisager la femme qui entrait flanqué d'un homme à la chevelure poivre et sel. Carrie, habillée d'un simple jean et d'un débardeur noir salua chaudement tout le monde, un sourire ravageur sur le visage. Elle passa devant le reste de la troupe, posa une main sur les épaules des différents intervenants et s'installa juste en face de Bettina. Elle fit un clin d'œil à Louann et hocha légèrement la tête pour saluer Bettina. Son regard sombre dévisageait avec une certaine curiosité la nouvelle venue. Elle avait pour seuls bijoux : une montre en or, un bracelet représentant un serpent et une chaînette avec une croix. Elle posa calmement ses bras bronzés sur la table et lança de sa voix à la fois grave et chaude :

- Merci à tous et à toutes d'être présents pour cette réunion. Ouvrons de suite les hostilités ! Commençons par nos attachées de presse : Louann, à toi l'honneur.

Celle-ci prit la parole et expliqua tranquillement l'avancée de son dossier, les possibles affiches pour la prochaine tournée ainsi que les photos qui pourraient servir d'avant première pour l'album de Carrie. Une discussion s'ensuivit pour le choix des affiches, finalement, Carrie et le reste de l'équipe se mirent d'accord sur deux d'entre elles, puis les photos passèrent de main en main. Carrie, les sourcils froncés, les disposa devant elle, discuta à voix basse avec ces deux voisins puis en sélectionna quelques unes et les renvoya vers Louann.

-Voilà une bonne chose de régler, très bon travail Louann, comme d'habitude.

- Merci Carrie.

- Suivante, Bettina, nous vous écoutons.

La gorge un peu sèche, Bettina se lança. Sa voix, au début, était un peu tremblante, nerveuse, elle jeta un regard vers Louann, celle-ci lui fit un léger signe d'encouragement. Quant à Carrie, elle l'écoutait attentivement. Bettina savait que c'était son baptême de l'air, qu'elle allait et devait faire ces preuves ici et maintenant et que même si Carrie avait su restée simple, elle savait aussi que c'était quelqu'un d'exigeant et qu'elle ne la raterait pas si Bettina commettait une bourde.

Une fois son dossier exposé, elle attendit les questions, Carrie semblait réfléchir, finalement, elle lui demanda calmement :

- Bon, je suis d'accord pour être interview par les trois premiers journalistes de la liste, dans les conditions habituelles, ils sont au courant.

Je vois que vous avez détaillé le pedigree des cinq autres journalistes, c'est très bien. Mathias Arris commence à être connu dans la profession et écrit pour un magazine fonctionnant bien, vous pouvez lui aussi le contacter, cependant, vous préciserez bien que j'accepterais de faire cette interview sous mes conditions, Louann vous expliquera. Pour le quatrième et cinquième de la liste, c'est ok, pour les trois autres, quelqu'un en sait il plus sur eux ?

Un débat alors prit forme, chacun racontant une anecdote drôle ou pas des dits journalistes. L'atmosphère se détendit d'un coup, Carrie commenta elle-même, non sans humour, certains de leur article que Bettina avait apporté.

- Bon, nous laissons les trois derniers de côté, vous êtes tous d'accord ?

Chacun des participants hocha positivement la tête.

- Bien, Bettina, vous contacterez en priorité les trois premiers journalistes, vous verrez avec Manuel les dates stratégiques pour caler ces rendez vous, d'accord ?

- Très bien Carrie, pas de soucis.

- Vous pouvez vous détendre, votre baptême de feu est terminé, vous vous en êtes très bien sortie fit Carrie, en lui souriant gentiment.

- Merci.

- Mais de rien, lorsque je ne suis pas satisfaite du travail de mes collaboratrices, je le dis, mais lorsque leur dossier est parfait, comme le vôtre, je le fais savoir aussi. Mickaël prendra soin de vous présenter à la fin de la réunion. Merci beaucoup Bettina.

- J'ai effectué ce travail avec plaisir.

Bettina, au fond d'elle, poussa un énorme soupir de soulagement. Ce n'était pas quelqu'un de prétentieux ni imbue d'elle-même, cependant, elle se savait perfectionniste et elle savait aussi qu'elle faisait, en général, de l'excellent travail.

Puis le directeur commercial et marketing rajoutèrent quelques mots. Après un léger silence, ce fut Mr Lancaster, en costume sombre et chemise blanche qui prit la parole :

- Comme vous vous en êtes aperçus, une nouvelle venue a intégré l'équipe depuis peu. Il s'agit de Bettina Rémy, bien connue dans le monde du show-biz et du journalisme. Dans ce milieu, c'est une pointure, elle a interviewé les plus grandes stars de ce monde, et a été le bras droit de certaines célébrités. Nous avons la chance de l'avoir maintenant parmi nous.

Elle est l'attachée de presse de Carrie et peut être un jour, brillera à un poste un peu plus prestigieux. Nous avons tenu à faire cette réunion au plutôt afin de la présenter rapidement à toute l'équipe. Dès demain, je convoquerais la presse pour leur annoncer aussi la nouvelle. Bienvenue parmi nous Bettina.

- Merci Mr Lancaster.

Chacun la salua chaleureusement, faisant quelques commentaires agréables sur son travail. Bettina se sentit de suite intégrée dans cette petite équipe visiblement très soudée.

- Merci à tous pour votre travail, à bientôt fit Carrie en se levant.

Ce fut le signal car chacun des collaborateurs l'imitèrent et quittèrent un à un la salle. Carrie disparut rapidement accompagné par Manuel, son imprésario.

Bettina et Louann furent les dernières à sortir. Après avoir discuté quelques minutes avec Mickaël, elles firent demi-tour pour regagner leur bureau. Tout en marchant, Louann lança :

- Tu vois, tout s'est bien passé, je te l'avais dit.

- Oui, j'avoue que je suis soulagée que cela soit terminé.

- Tu t'en es super bien sortie. Tout le monde t'apprécie déjà !

- Faut peut être pas exagérer non plus.

- En tous les cas, tu as fait une très bonne impression à tous y compris à Carrie. Je dirais surtout à Carrie.

- Oui, peut-être.

- Avoue que tu as apprécié ce qui c'est passé lors de cette réunion.

- Bien sûr. Je ne l'avais pas imaginé ainsi.

J'aurai pensé à quelque chose de moins convivial, plus sérieux. Çà se passe toujours ainsi ?

- Oui, quasiment, sauf quand Carrie est plus stressée, mais en règle générale, ça se passe toujours ainsi. Nous formons, comme tu l'as peut être vu, un petit groupe très soudée et porteur d'une belle énergie. Tu sais, travail sérieux et bonne humeur ne sont pas toujours incompatibles.

- C'est ce que je viens de découvrir.

Sans même sans rendre compte, elles étaient déjà arrivées sur leur lieu de travail. Louann lui expliqua les conditions spécifiques des interviews que Carrie avait acceptées.

Bettina les nota soigneusement sur une feuille blanche, puis appela Manuel pour qu'il lui donne les créneaux horaires pour fixer les rendez vous.

Elle fut surprise de découvrir un homme affable et charmant. Lors de la réunion, elle l'avait trouvé un peu froid, austère. Ce ne fut pas du tout la même impression qu'elle eut après avoir raccroché. Il l'avait beaucoup aidé et surtout conseillé ; Elle prit à nouveau son portable et passa plusieurs coups de fils. D'abord, les trois habituels journalistes, ce fut rapide. Ils connaissaient bien Carrie et assurèrent que les interviews seraient dûment préparées avant, puis publiées seulement après que celles-ci aient été relues par un des membres de l'équipe.

Elle fixa avec eux trois rendez vous, une toute les trois semaines, avec les jours et horaires conseillés par Manuel.

A la fin de la journée, elle avait déjà presque fini la rude tâche de caser tous les journalistes minutieusement choisi par l'équipe lors de la réunion.

Alors que Bettina s'octroyait une petite pause cigarette, Louann apparût dans l'entrebâillement de la porte communicante.

- Ah, tu as enfin lâché ton téléphone ?

- Oui, désolée, je fais un petit break et je repars.

- Ne te justifie surtout pas. Nous ne sommes pas si pressée.

Louann s'approcha de Bettina et jeta un œil sur le dossier ouvert.

- Tu as déjà effectué tout ce boulot ?

- Behin oui, plus vite j'aurai fini ces tâches, plus vite, je pourrais te filer un coup de main pour contacter les divers magazines, non ?

- Tu m'impressionnes, vraiment !

- Par contre, une fois tous ces rendez vous calés, je ne sais pas ce qui est le mieux, rappeler Manuel pour lui donner les dates, les faxer directement au domicile de Carrie, l'appeler directement, que me conseilles tu ?

- Rappelle Manuel, ça ne le dérangera pas. De plus, il pourra les inscrire directement sur l'agenda de Carrie, ce sera plus simple.

- Ok, je le fais de suite.

- Finis ta cigarette, tu passeras ton coup de fil après, d'accord ?

- OK, OK fit Bettina.

Elle apprécia donc la fin de sa cigarette. Elle qui avait toujours dit à sa mère qu'elle arrêterait de fumer, si elle la voyait en ce moment...Sentant le regard de Louann peser sur elle, elle releva la tête :

- Il y a un problème ?

- Non, je me demandais juste si tu comptais continuer sur ce rythme là ?

- Pourquoi ? Je pensais que nous avions du retard à rattraper.

- Il est quasiment rattrapé, tu peux donc lever un peu le pied !

- Lorsque j'aurai fini cela, je ralentirais, promis

- Oui, admettons fit Louann, visiblement sceptique.

Alors qu'elle allait rajouter quelque chose, le portable de Bettina sonna. « Ma mère »

- Oui maman.

- Alors comment vas-tu ma chérie ?

- Bien, maman.

Bettina vit alors Louann lui faire un petit geste de la main et sortir discrètement de son bureau. Elle écouta une nouvelle fois le papotage de sa mère, ses réflexions sur la solitude de sa mère, ses plaintes habituelles comme quoi elle ne serait sans doute jamais grand-mère et autre remarques fort peu flatteuses pour la jeune femme. Elle reposa son portable, passablement agacée par cette conversation. Sa mère ne pouvait pas s'empêcher de remuer une des face les plus sombre de son passé, comme si cela n'était déjà pas assez difficile pour Bettina de vivre comme si de rien n'était. Elle jeta un coup d'œil à la porte la séparant de Louann, son attention se porta sur les quelques réflexions que lui avait fait celle-ci. Elle devait faire très attention si elle ne voulait pas éveiller le moindre soupçon. Quelle était sa devise déjà ? « Garder son calme en toute circonstance et faire comme si tout allait bien, toujours » Un sourire plaqué à nouveau sur les lèvres, elle reprit son travail. Deux heures plus tard, son dossier était bouclé. Satisfaite, elle frappa un petit coup au bureau de Louann.

- Entre Bettina.

Louann était au téléphone, malgré tout, elle invita Bettina à entrer.

- Je suis à toi dans deux minutes murmura-t-elle tout en posant une main sur le combiné.

Bettina essaya bien de se concentrer sur autre chose, mais il était difficile de ne pas entendre la conversation.

- Oui, je sais. Non, je m'y mets demain. Oh, arrête ton char ! Bon, faut que je te laisse, bisous. Ok, je lui dirais. Bonne soirée, à plus.

Elle raccrocha un léger sourire aux lèvres.

- Tu avais le bonsoir de Carrie ! Elle m'a chargée de te dire qu'elle avait jeté un œil aux rendez vous que tu lui avais pris et que cela lui convenait tout à fait.

- Oh, tant mieux, si ça le convient fit Bettina, un peu songeuse.

- Tout va bien ?

- Oui, ne t'en fais pas.

- Tu as bouclé ton dossier ?

- Oui, et toi, tu as terminé ?

- Pour aujourd'hui, en effet. Le plus gros du travail m'attend demain. Allons-y.

Les deux nouvelles collaboratrices sortirent de l'immeuble, discutant de tout et de rien. Elles se saluèrent chaudement et Bettina, le cœur léger rentra chez elle. C'était agréable de savoir que ce soir- là, elle pourrait rester tranquille, à ne rien faire.

Elle déposa ses clefs sur le meuble de l'entrée, se changea afin de mettre des vêtements plus confortables, alluma la télé, juste pour ne pas supporter le silence, prit une bouteille d'eau dans le frigo, en but une profonde gorgée et s'affala dans le canapé. Elle était plus fatiguée qu'elle l'aurait pensé même si sa journée avait été globalement positive, très positive même. Elle s'assoupit devant une émission soporifique. Lorsqu'elle se réveilla, elle se demanda d'abord où elle se trouvait, comprenant qu'elle s'était endormie dans le salon, elle se dirigea, ensommeillée vers la cuisine, prit une cuisse de poulet froide, le mangea directement debout, puis tout en baillant, alla directement se coucher. Elle s'endormit comme une masse.

****

Ce fut la sonnerie du réveil qui la fi sursauter, tant elle dormait profondément. Elle mit quelques minutes à émerger. «Encore un mauvais rêve » pensa t elle. Bettina se frotta les yeux, se leva difficilement et se dirigea d'un pas mal assuré directement vers la salle de bain. Le jet presque froid la saisit, puis, son corps endolori se prêta au massage puissant de la douche. Elle ferma les yeux et savoura la détente que cela lui apportait. Elle resta longtemps ainsi sans pouvoir ou même vouloir bouger. Un peu en regret, elle finit par en sortir, se sécha et s'habilla avec les vêtements qu'elle avait préparé la veille.

Quelques minutes plus tard, elle alla travailler. Une nouvelle journée débuta et celle-ci se termina comme celle de la veille. Ce rythme convenait tout à fait à Bettina, pas trop soutenu mais suffisamment rapide pour ne pas lui laisser le temps de réfléchir à autre chose que ces différentes prises de rendez-vous, fax, etc....de plus, elle adorait déjà ce qu'elle faisait. Le seul hic, c'était qu'elle s'entendait bien avec Louann, trop bien, beaucoup trop bien même...Elles avancèrent ensemble sur de nombreux projets, Bettina apportant un œil nouveau sur l'ensemble des dossiers qui étaient déjà un peu avancés. Elle enchaîna réunion sur réunion, participa à quelques conférences de presse et reçut régulièrement les compliments du PDG du groupe : Mr Lancaster.

Deux mois plus tard, alors qu'elle était en passe de boucler un article annonçant le grand retour sur scène de Carrie, Louann, entra comme une flèche dans son bureau, comme d'habitude. Celle-ci débordait d'énergie, même lorsqu'elle se couchait tard et se levait tôt. Un jour, elle avait confié à Bettina que son organisme, habitué depuis des années à ce rythme, ne lui réclamait plus autant de sommeil, ce qui l'arrangeait bien.

- Tu as un passeport ? demanda t elle à Bettina.

- Euh, oui, pourquoi ?

- En fin de semaine, nous partons à Los Angeles.

Aussitôt, Bettina sentit sa gorge se nouer, mais sans se départir de son sourire, elle demanda :

- Et pour quelle raison ?

- C'est très simple, Carrie a des affaires à régler là bas et comme je suis son bras droit, je l'accompagne. Étant donné que maintenant, je te considère comme mon assistante, il est normal que tu fasses partie du voyage.

- J'ai lu quelque part qu'elle s'y rend régulièrement ?

- Effectivement, elle a même acheté une immense villa là-bas, afin de faciliter ses déplacements. Pour l'instant, elle ne va s'y rendre que de manière ponctuelle. Ses séjours seront plus longs lorsqu'elle commencera son entraînement.

- Je comprends.

- Tu sais Carrie aspire à une seule chose : vivre un peu près normalement, seulement en France, avec son succès, cela devient de plus en plus compliqué, à L.A. , c'est nettement plus simple, elle peut vivre presque anonymement et cela lui convient parfaitement, tu peux me croire.

- J'imagine que cela ne doit pas être tous les jours faciles de vivre tout en sachant que chacun de nos pas sont et pourraient être observé par des milliers de personnes, sans compter la présence des journalistes.

- Et ils sont nombreux, crois moi. Départ vendredi quatorze heures, nous nous donnons rendez vous ici, nous partirons dans une première voiture. Carrie, nous rejoindra directement à son aéroport privé. Là-bas, nous prendrons ensemble un avion : direction L.A. Tu connais un peu cette région ?

- Non, je n'y suis jamais allée.

- Tu verras, c'est magnifique.

- Je doute que nous serons là bas pour contempler le paysage.

- Nous aurons du travail, c'est vrai, mais contrairement à ici, nous pourrons aussi nous détendre.

- Oui, nous verrons bien une fois que nous serons sur place.

- Franchement Bettina, ne crois tu pas que cela te ferait du bien de décompresser un peu ?

- J'adore mon travail et tu le sais.

- Moi aussi, j'aime ce que je fais, mais j'aime aussi me poser un peu, pas toi ?

- Si, bien sûr, mais tu me connais, je suis une perfectionniste !

- Oui, si tu le dis.

Bettina n'aimait pas le regard songeur que Louann lui lança, comme si elle doutait de ses propos. Aussitôt, Bettina lança un commentaire humoristique, Louann éclata de rire et l'atmosphère, d'un coup, devint plus respirable. Les jours qui la séparèrent du grand « départ » furent studieux, peut être un peu trop au goût de Louann, mais cela convenait tout à fait à Bettina. En théorie, elles devaient s'absenter pour une semaine, pas plus.

« Surtout pas plus » pensa Bettina.

Traînant sa valise, elle fût pile à l'heure au rendez vous. Louann était déjà là et discutait tranquillement avec l'un des producteurs en l'attendant. Avant de partir, celle-ci passa un rapide coup de fil, disant simplement :

- Ouais, salut, c'est moi. Nous y allons, tu peux dire à Carrie qu'elle peut partir.

Quelques secondes plus tard, elle referma d'un coup sec son téléphone, et tout en souriant, elle se tourna vers Bettina :

- Tout est calé, nous pouvons y aller.

- Très bien, je te suis.

Elles s'engouffrèrent dans une longue limousine stationnée tout prêt de l'immeuble. L'intérieur était tout de velours noir. Une longue vitre teintée les séparait d'avec le conducteur.

- J'imagine que tu as pris l'avion ?

- De nombreuses fois, pour aller aux États Unis, entre autre, mais cette région-là, je ne la connais pas.

- Nous séjournerons dans la même villa que Carrie. Tu verras, celle-ci est magnifique et immense. Nous aurons chacune nos appartements, nous au Sud, Carrie et son manager, au Nord. Malheureusement, elle aura un emploi du temps assez chargé là bas. Elle doit commencer à recruter pour sa tournée, c'est un gros boulot et nous ne la verrons sans doute que très peu.

- Çà ne me dérange pas, j'ai pour habitude de travailler pour les stars mais sans qu'elles soient là physiquement.

- Je comprends. Je ne vois pas les choses de la même façon que toi, sans doute parce que Carrie et moi sommes de vieilles connaissances.

Cependant, si les choses évoluent bien pour toi, il se peut que tu la côtoies beaucoup plus souvent qu'en ce moment.

- Tu peux être plus explicite.

- Je t'en ai déjà trop dit. Continue de bosser comme tu le fais et tout ira bien.

- D'accord, ça ne me posera pas trop de difficulté vu que ce boulot me passionne.

- Cela se voit.

Elles furent interrompues par le portable de Louann. Celle-ci discuta vivement avec son interlocuteur, puis raccrocha en marmonnant :

- Encore un cinglé qui voulait parler à Carrie !

- Cela arrive souvent ?

- Trop à mon goût ! Mais que veux-tu ? C'est la rançon de la gloire !

- Curieux comme certaine personne se croit suffisamment important pour oser croire ou penser qu'il pourrait parler directement à Carrie.

- Et encore lui a été courtois !

- Oui, j'imagine que cela n'est pas le cas de tous !

- Oh que non, mais cela fait aussi partie de mon travail.

Alors qu'un léger silence allait s'installer, la limousine ralentit, puis s'arrêta. Louann jeta un œil à l'extérieur et lança :

- Nous sommes arrivées, ne traînons pas.

Elles sortirent rapidement de la voiture et se dirigèrent tout aussi vite vers le seul avion qui les attendait. Une autre limousine légèrement plus grande était garée juste à côté du jet, privé supposa Bettina. Devant l'avion, de chaque côté de la passerelle, deux hommes en costumes sombres et lunettes noires restaient là, fixés, ne bougeant pas d'un cil. Ils attendaient très certainement que les derniers arrivants s'engouffrent dans l'avion pour disparaître. Les deux jeunes femmes montèrent rapidement la passerelle et entrèrent dans le jet.

L'intérieur était d'un blanc immaculé. De part et d'autres de celui-ci, deux larges banquettes associées à deux fauteuils en cuirs blancs. Tout prêt, deux sceaux où trônaient deux bouteilles, attendaient sagement que quelqu'un s'occupe de les inhumer ! Un peu plus haut, un rideau en soie blanc séparaient la partie basse avec le cockpit. S'y trouvaient déjà, le manager de Carrie, Carrie elle-même et le directeur de production. Manuel les salua chaleureusement ainsi que le directeur.de production. Quant à Carrie, elle embrassa chaudement Louann et fit une solide poignée de main à Bettina.

Elles s'installèrent sur l'une des banquettes, Carrie et son manager étant déjà assis sur celles d'à côté. Carrie était habillée simplement comme toutes les fois où Bettina l'avait croisé. Elle portait un pantalon de cuir noir avec une chemisette blanche. Un discret maquillage faisait ressortir ses yeux sombres et sa bouche au contour sensuel. « C'est vraiment une belle femme » Bettina vit Carrie pianoter tranquillement sur son accoudoir, visiblement, elle avait hâte que l'avion décolle. Ce qu'elle confirma en lançant :

- Je suis vraiment heureuse de ce petit séjour, depuis le temps que je rêve pouvoir me balader sans peur de me faire courir après !

- Oui, j'imagine que cela doit être pénible pour vous répondit Bettina.

Carrie posa tranquillement son regard sur elle et répondit simplement :

- Même si j'assume cette notoriété, j'apprécie aussi avoir des moments de calme.

- C'est tout à fait normal, nous y aspirons tous.

Carrie esquissa un sourire et murmura :

- En effet.

Et la conversation s'arrêta là. Carrie prit un magazine qu'elle feuilleta nonchalamment. Son imprésario, lui, n'avait pas quitté son agenda électronique. Louann et Bettina discutèrent de tout et de rien. L'avion prit son envol tel un aigle majestueux et grimpa par palier le paysage nuageux. Le trajet se passa ainsi, dans le calme, mais celui-ci était reposant, presque agréable. Une fois posé, deux longues voitures les attendaient. Le soleil était encore haut dans le ciel, le décalage horaire.

D'un même geste chacun chaussa des lunettes sombres se masquant ainsi du regard du monde. Ils descendirent à nouveau la passerelle et d'un commun accord, se répartirent dans chacune des deux limousines : Carrie, son imprésario et le directeur de production dans l'une, Louann et Bettina dans l'autre.

La limousine était identique à celle empruntée en France. Bettina resta les yeux fixés devant elle, alors que Louann admirait les routes de L.A. Il y avait beaucoup de circulations, ils empruntèrent une route à quatre voies, fréquente dans cette région et calèrent leur vitesse avec la limousine de Carrie se trouvant juste devant elle. De part et d'autres, des bolides doublaient à grande vitesse sans même mettre leur clignotant. De loin en loin, des panneaux de couleur différente indiquaient divers directions.

Ils ne firent que quelques kilomètres et prirent une bretelle sur leur droite. La circulation était moins dense, la route était à perte de vue, immense. Le paysage changea, il devint plus rocailleux, plus sec.

- La villa se situe un peu plus dans le sud, dans la baie de St Monica. Cela nous permet de nous baigner et de nous offrir aussi de superbes couchées de soleil. J'ai toujours aimé la Californie et cette région encore un peu plus, sans doute à cause de son climat méditerranéen et de ces superbes plages de sable blanc.

Malgré une brusque nervosité, Bettina croyant entendre un vrai guide touristique ne put s'empêcher d'esquisser un sourire. Elle poussa aussi un discret soupir de soulagement. La villa, n'était pas, comme l'avait suggéré Louann à L.A. même mais bien plus au Sud, ce qui n'était pas pour lui déplaire.

- Cela doit être agréable.

- Oui, de plus, Carrie pour sa tranquillité, a acheté un bout de la plage en bas de la villa, ainsi, nous pouvons, lorsque nous le souhaitons, nous baigner ou même nous y promener, même tard dans la nuit...

En entendant cette dernière remarque, une image s'imposa d'un coup devant les yeux de Bettina, elle sentit son cœur s'alourdir, mais ayant une bonne maîtrise d'elle-même, ne laissa rien transparaître. Elles parcoururent de nombreux kilomètres en silence, l'allure régulière de la voiture berçait doucement Bettina et celle-ci s'assoupit, sans même s'en rendre compte. Lorsqu'elle rouvrit les yeux, la limousine descendait une longue route blanche, de part et d'autre, une végétation luxuriante traduisait un contraste étonnant.

- Nous sommes bientôt arrivés.

- Désolée de m'être endormi.

- Cela ne fait rien, moi-même, j'ai du lutter contre le sommeil. Ces limousines sont diablement confortables.

- C'est sûr.

- Dans quelques minutes, tu pourras apercevoir la villa sur ta gauche.

Bettina avait déjà vu des villas de stars, s'y était même rendue à plusieurs reprises. Cependant, elle se sentait toujours un peu impatiente de découvrir un autre lieu, comme un enfant attendant un cadeau qu'il connaît déjà. En effet, peu de temps après, Bettina les yeux accrochés à l'endroit indiqué, vit d'abord un toit en tuile orange, puis la villa apparut tel un écrin au milieu de la verdure.

Elle était effectivement gigantesque. Les deux limousines s'engouffrèrent dans une allée, un portail électrique noir avec interphone vidéo gardait les murs de l'imposante maison, puis s'arrêtèrent aux pieds de celle-ci. Carrie et Manuel en sortirent les premiers et rentrèrent. Bettina, elle, profita du paysage. Sur sa droite, elle pouvait voir se dessiner une piscine de marbre blanc, un peu plus loin, un jacuzzi en chêne, puis un petit chalet où était sans doute entreposer tout le matériel pour entretenir ladite piscine. Tout autour, des jardins à la française injectaient au paysage un mélange savant de rosiers, d'arbres et de fleurs au ton coloré. Si les yeux s'envolaient un peu plus haut, ils pouvaient découvrir un pan de la baie de St Monica. Bettina devina le chemin pour y descendre. Le paysage était de toute beauté.

Devant elle, la porte sculptée directement sur la pierre représentait deux serpents entrelacés.

Dans la continuité, une immense baie vitrée et plusieurs éléments semblaient être accrochés à la villa. Un sentier de gravier blanc faisait le tour de la maison.

- Nous y allons ?

- Euh oui, bien sûr, désolée.

- Pas de problèmes, la villa est impressionnante, une fois que je t'aurai guidé vers tes appartements, tu pourras prendre le temps pour la découvrir.

Elles y pénétrèrent. L'intérieur, moderne, était composé d'un carrelage blanc immaculé, les murs étaient composés d'un mélange d'orange, jaune pâle et bleu sombre. Un ensemble qui se mariait fort bien. Le hall était immense, il s'enfuyait et se séparait en deux larges couloirs.

- Le couloir de gauche mène à nos chambres, le couloir opposé vers le salon et la cuisine, les appartements de Carrie étant un peu plus au Nord. Je te propose d'aller déposer nos affaires dans nos chambres respectives et te faire visiter le reste de la villa, ça te va ?

- Oui, tout à fait.

Poussant leur valise derrière elles, les deux jeunes femmes traversèrent le long corridor.

Le mur était composé de diverses toiles représentant des portraits de femmes, d'hommes, parfois d'enfants. Les dessins étaient orignaux et surprenants, remplis de couleurs vives, mélange intéressant de toile de maître comme Picasso et de peintre plus classiques.

- je vois que ces peintures t'étonnent ?

- Disons que j'ai rarement vu de telles œuvres.

- Oui, le peintre qui en est l'auteur est peu connu mais comme tu t'en doutes peut être, Carrie en est une grande fan. Tu retrouveras ce style de tableaux un peu partout dans la maison, ainsi que divers statuettes de bouddhas qu'elle affectionne tout autant.

- Il est normal de retrouver les traces de ce qu'elle aime dans cette villa, après tout, c'est un peu son deuxième pieds à terre, si j'ai bien compris.

- Oui, tout à fait. Elle adore vivre ici, tu verras, elle est nettement moins tendue et stressée à L.A. sans doute que le poids de la notoriété pèse moins sur ses épaules.

- Je comprends tout à fait.

Louann s'arrêta car le couloir se divisait en deux autres plus étroits.

- Celui le plus à gauche mène directement dans ta chambre, l'autre dans la mienne.

Je te laisse t'installer, prends tout ton temps. En général, la première journée, c'est relâche. On reprendra le travail demain.

- Très bien, je vais défaire ma valise et après, je pense que je vais faire un petit tour, c'est immense.

- Oui, si cela ne te dérange pas, je serais ton guide.

- Non, au contraire, j'apprécierais que tu m'accompagnes.

- Alors, à tout de suite.

Elles se séparèrent et Bettina pénétra dans sa suite. En entrant, elle déposa son téléphone portable et ses clefs sur une petite commode, deux fauteuils en cuir noir, un canapé du même ton, une table basse en ébène composait la pièce, un peu plus loin, un superbe écran plat finissait d'habiller la suite.

Sur deux des pans de murs, deux ouvertures dessinées en une arabesque menaient d'une part vers la chambre et d'autre part vers la salle de bains. Ce lieu était presque aussi grand que son propre appartement et beaucoup plus luxueux.

Elle franchit le seuil de sa nouvelle chambre. Celle ci était composée d'un large lit, une couette au couleur automnale, les murs étaient en torchis blanc pâle. Dans un coin, un vaste bureau où y était posé une lampe originale, celle-ci était un bouddha souriant largement et qui tenait un parapluie faisant office d'abat jour. A l'opposé, trônait une lourde armoire composé de trois pans dont celui du milieu détenait un large miroir. Bettina déposa sa valise sur le lit, l'ouvrit et rangea ses quelques vêtements dans l'armoire, puis, elle déposa son ordinateur portable sur le bureau, ainsi que quelques dossiers qu'elle souhaitait travailler un peu, jeta un discret coup d'œil à la glace, et sortit en refermant doucement la porte derrière elle.

En attendant Louann, Bettina contempla la scène du tableau accroché juste devant sa chambre. Elle sentit alors les effluves caractéristiques du parfum de Louann.

- Tu es déjà prête ?

- Oui, j'avais hâte de découvrir le reste de la maison.

- Je te comprends, allons-y.

Le reste de la visite se fit tranquillement, Louann commenta quelques bibelots typiques, certaines statues et elles finirent par les jardins.

- Cette végétation est superbe et les couleurs sont fort bien associées.

- Oui, ça demande beaucoup d'entretiens comme tu peux le penser, mais, Carrie n'a pas lésiné sur le personnel qu'elle a engagé. Ce sont des gens très biens et très compétents.

- C'est un endroit en tous les cas très apaisant.

- Oui, c'est très agréable de travailler dans un tel décor.

- Je m'en doute bien.

Elles sortirent sur le patio, parlèrent encore un peu de tout et de rien, puis rentrèrent pour se préparer pour le repas.

- Carrie mangera t elle avec nous ?

- Non, pas ce soir. Elle dîne avec des ami(es) proches.

- D'accord.

Elles prirent un repas frugal, mais copieux, puis regagnèrent leurs appartements respectifs. Bettina se coucha tôt ce soir-là, cependant, elle trouva difficilement le sommeil. Ce fut le chant des oiseaux qui lui fit ouvrir un œil. Il était encore tôt, à peine huit heures, mais elle savait déjà qu'elle ne réussirait pas à se rendormir. Il était aussi inutile voir trop dangereux pour elle de s'attarder sur les songes qui avaient traversé sa nuit...

Elle se leva, passa devant la glace sans même oser ou vouloir se regarder et fila direct à la douche. La salle de bains avec cette variation de teinte bleutée et de blanc cassé était une invite à elle seule au voyage. Spacieuse, composée d'une vasque, une glace, une baignoire d'angle et une douche, elle aspirait à la quiétude et l'apaisement.

Sur le bord de la vasque, était posé une grande serviette de bain et une plus petite, blanche avec une lisière marron. Elle y rangea ses quelques produits de toilette, se déshabilla et fila sous la douche. Elle utilisa les jets puissants de massage afin de dénouer ses épaules victime de toute la tension accumulée dans la nuit. Elle ferma les yeux, elle les rouvrit aussitôt tant l'image qu'elle avait « vue » lui avait vrillé le cœur. Un peu à regret, elle décida qu'il était plus sage de sortir. Elle s'habilla simplement, un pantacourt blanc et une chemise sable. Son ventre réclamant à manger, elle se décida à aller grignoter un truc rapide avant d'aller bosser. C'était sans compter sur Martine, la femme de ménage de la villa qui l'invita à se rendre au petit déjeuner. Souriante, elle avait cependant ce petit air pince sans rire qui incita Bettina à ne pas s'opposer à sa requête.

Elle connaissait déjà les lieux pour les avoir vu la veille. Sur la table, une carafe de jus d'orange, des petits pots de confiture, des brioches, du pain, du café, du thé, des bols étaient disposés ça et là. Tout ceci mit en appétit Bettina. Louann était déjà, elle la rassura en lui disant qu'elle venait tout juste d'arriver, les autres colocataires dormaient encore. Cependant Louann lança à Bettina :

- Carrie ne va pas tarder, ainsi que Manuel. Tu as bien dormi ?

- Oui, très bien, et toi ?

- Comme un bébé.

- Quel repas copieux, ça donne envie.

- Alors, vas y, sers toi, ne te gêne surtout pas.

- Nous n'attendons pas Carrie ?

- Comme tu as l'air d'avoir une faim de loup....

- Peut-être, mais j'ai quand même du savoir vivre et je ne suis pas prête à m'évanouir !

A peine avait elle fini ses mots que Carrie fit son entrée, flanqué de Manuel. En simple short et tee-shirt, elle avait cet air juvénile qui séduisait tant son public. Elle les salua chaleureusement, et demanda si ses deux collaboratrices étaient bien installées, puis, le petit déjeuner se déroula dans la bonne humeur. Carrie écouta d'une oreille quelque peu distraite, le programme de la journée. Lorsqu'il lui parla d'un dîner avec un certain Yann Rodriguez, Carrie fit la grimace.

- Je suis obligée d'y aller ?

- Tu sais bien que oui, c'est l'un des plus gros producteurs de la chaîne commercial du sud de la France.

Lorsqu'il a su que tu étais ici, il a fait le déplacement spécialement pour toi.

- Et je devrais en être touché ? Ironisa Carrie

- Je sais ce que tu penses de lui, mais malheureusement, si nous signons un contrat avec lui, cela risque de nous rapporter beaucoup.

- Mais ce type est un porc !

- Écoute, tu dînes rapidement, tu lui fais quelques sourires et basta !

- Surtout pas de sourires, un dîner, c'est encore trop ! Mais bon, si c'est pour la bonne cause...

- Je suis désolé. Je savais que cela ne te ferait pas plaisir.

- En arrivant, je piquerais une tête, ça me détendra !

Bettina, alors qu'elle avait fini de manger,

constata que ce n'était pas le cas pour Carrie. Elle avait déjà engouffrée de nombreuses chocolateries associées à un café bien noir. Bettina se demanda d'ailleurs quel était son secret pour ne pas grossir. Carrie, les yeux dans le vague, finit son café, puis se leva et lança à la cantonade :

- Bonne journée à vous deux, Bettina, vous êtes ici chez vous.

- Je saurais m'en souvenir.

Carrie lui sourit chaleureusement et après un dernier signe de la main retourna vers ses appartements.

- Quel est le programme ? demanda Bettina à Louann.

- Je pensais que nous pourrions bosser ensemble sur le dossier budget de promo et essayer de bien avancer, pour que cet après midi, nous puissions nager un peu, si cela te convient.

- Nous aurons vraiment le temps pour cela ?

- Si nous nous l'accordons oui.

- Alors, mettons nous y dès maintenant.

Le rythme imposé par Louann convenait un peu près à Bettina. Elle se disait surtout, un peu naïvement peut être que plus tôt elles auraient fini et plutôt elles partiraient d'ici. Pendant ce premier séjour, elles virent peu Carrie, mais celle-ci, dès qu'elles les croisaient, avait toujours un mot gentil pour Bettina. Lorsqu'elles quittèrent la villa, tout le groupe semblait le regretter, tous sauf Bettina...

****

Les journées passèrent rapidement, Bettina aimait ce qu'elle faisait, ce travail lui occupait l'esprit, suffisamment en tous les cas pour ne pas qu'elle réfléchisse à autre chose. Louann lui confiait de plus en plus de responsabilités, ce qui n'était pas pour lui déplaire. Bettina était une femme ambitieuse et elle aimait relever les défis, elle savait ce qu'elle voulait et elle ferait tout pour l'obtenir. Le seul hic à tout ceci, c'était que ces séjours à L.A. étaient de plus en plus rapprochés. Ce jour-là, alors que cela fait près de six mois que Bettina travaillait pour le groupe, elle fit une nouvelle fois sa valise pour se rendre à L.A. Le trajet en voiture, puis en avion se déroula sans soucis, toute la production semblait de bonne humeur et surtout, ravi, qu'une nouvelle fois, ils pourraient séjourner dans la superbe villa, tous sauf Bettina...

A peine furent elles arrivées que Bettina sentit à nouveau la tension lui nouer à la fois le dos et la nuque. Comme d'habitude, ses nuits furent tourmentées, ses journées aussi. Louann l'incitait bien à se détendre un peu, mais Bettina continuait à s'enfermer dans ses appartements pour bosser. Travailler le jour, travailler la nuit, combien de temps pourra t elle garder ce rythme ? Et surtout, jusqu'à quand, Bettina pourra éviter les questions, les interrogations de Louann ? Au milieu de cette même semaine, alors que la troupe mangeait, Carrie lança :

- Bon, je sais que ça tombe mal et que personne n'a envie de partir d'ici, mais Manuel vient d'apprendre qu'il faudrait vérifier les articles du dernier magazine et surtout rencontrer le directeur commercial de la même revue. Il ne peut pas se déplacer pour l'instant, il est surbooké, le mieux serait de le rencontrer sur Paris et cela ne peut guère attendre. Désolée.

Aussitôt Louann grimaça, visiblement peinée de devoir repartir, Bettina lança alors :

- Je peux m'y rendre, enfin, si cela ne dérange personne.

- Tu en es sûre ?

- Oui, Louann, sure et certaine.

- C'est très généreux de votre part Bettina, j'apprécie, croyez moi intervint Carrie.

- Ce n'est rien, et puis, je sais que Louann adore cet endroit et qu'elle vous est d'une aide précieuse.

Carrie plongea son regard sombre dans ceux de Bettina :

- Vous aussi, vous m'êtes d'une aide précieuse, soyez en certaine.

Un peu mal à l'aise par ce regard qui voulait la transpercer, Bettina baisser rapidement les yeux.

- Çà me gêne un peu de t'y envoyer surtout que la dernière fois, c'est déjà toi qui as été obligé de partir.

- Écoute Louann, je sais combien tu apprécies cet endroit, vraiment, je peux m'y rendre sans problème.

- A croire que cette villa vous est désagréable ! Ironisa gentiment Carrie.

- Non, pas du tout ! Mais je sais combien tu es attachée à cette villa Louann, beaucoup moins que moi, du coup, je serais moins attristée que toi de repartir sur Paris.

- D'un point de vue égoïste, que tu y ailles, ça me soulage, mais tu auras peut être le temps de revenir.

- Nous verrons cela, Carrie, quand dois je partir ?

- Demain matin, ça vous conviendra ?

- Oui, très bien. Je ferais ma valise dès ce soir. Après mangé, je me charge d'appeler le fameux producteur pour lui fixer un rendez vous au plutôt. Avant de m'y rendre, je faxerais les articles à la villa pour que vous y jetiez un œil, ça ira ?

- C'est parfait, comme d'habitude ; décidément, vous m'impressionnez un peu plus chaque jour...Manuel, tu donnes tout ce qu'il faut à Bettina pour contacter ce Mr et toutes les infos dont elle aura besoin. Un grand merci à vous, vraiment.

- Pas de soucis, je lui donne cela de suite.

Une fois tous les renseignements pris, Bettina fila discrètement dans sa suite.

Elle prépara sa valise, vérifia quelques notes, puis alla se coucher, ravie au final de partir dès le lendemain matin. Après une courte nuit, elle se leva la première et profita que tout le monde soit encore couché pour filer sur la pointe des pieds. Le trajet du retour fut rapide, sans doute parce que Bettina étudiait avec attention les notes et tout ce qu'elle avait pu trouver sur le type qu'elle devait rencontrer dès son arrivée en France.

Elle retrouva avec un plaisir évident son appartement, elle déposa sa valise sur le lit, vérifia qu'il n'y avait rien d'urgent au courrier qu'elle avait reçu, puis fila directement au bureau. Comme l'avait dit Manuel, les articles de presse étaient directement arrivés au groupe. Elle les éplucha un par un, annota quelques paragraphes, contrôla à nouveau les trois interviews, puis jugeant qu'elle avait terminé, les faxa directement à la villa.

Elle prit également soin d'envoyer un texto à Louann pour lui dire à la fois qu'elle était bien arrivée ainsi qu'elle avait envoyé les articles rectifiés. Quelques minutes plus tard, son téléphone vibra, pensant que c'était Louann qui lui répondait par texto, elle n'y prêta pas attention, mais son portable s'affola de plus belle. En fronçant les sourcils, Bettina y jeta de mauvaise grâce un œil. En voyant le prénom « Louann » clignoter, elle décrocha.

- Çà va ? Le voyage s'est bien passé ?

- Oui, très bien, tu as bien reçu le fax ?

- A l'instant.

- Une fois que Carrie aura vérifié que les corrections lui conviennent, tu pourras me les renvoyer.

- Bien sûr. Je l'appelle de suite, je te tiens au courant.

- Merci, j'ai rendez vous avec Mr Coulmet qu'en fin de soirée. Je vais travailler sur un ou deux dossiers en attendant.

- Bettina ?

- Oui ?

- Te crève quand même pas à la tâche.

- Ne t'en fais pas. Je sais aussi faire quelques pauses.

- Bien, je voulais également te remercier de t'être déplacé. J'apprécie vraiment ce style de geste.

- Ne t'en fais pas pour cela, je ne fais que mon travail.

- Tu fais bien plus que ton job et tu le sais fort bien.

A cette dernière remarque, Bettina ne sut pas quoi répondre. Louann avait raison, la jeune recrutée faisait bien plus que son travail.

A bien y réfléchir, nous pouvions même dire qu'elle sacrifiait sa vie à ce qu'elle faisait, non pas parce que son patron le lui demandait ou bien parce qu'elle était débordée, mais bien parce que, elle, le voulait.

Elles se quittèrent quelques minutes plus tard. Bettina se plongea alors dans un dossier en attente, surtout pour ne pas repenser à ce que lui avait souligné Louann. Dans l'après midi, elle entendit le fax se mette en route. Elle constata avec un certain plaisir et satisfaction que les articles qu'elle avait corrigé était resté tel quel, c'était une preuve évidente que les modifications qu'elle avait apporté convenait à Carrie.

Son rendez vous se passa aussi bien qu'elle aurait pu l'imaginer.

Elle redonna les épreuves corrigées au directeur de la chaîne.

Elle avait bien senti le regard appréciateur du jeune homme et sa façon de lui faire comprendre qu'elle ne lui était pas indifférente. Malgré le fait qu'elle lui ait clairement fait entendre qu'elle n'était pas intéressée, celui-ci, pas découragé, lui demanda s'il pouvait lui offrir un dernier verre chez lui, Bettina déclina, gentiment, mais fermement l'invitation.

- Vous avez quelqu'un dans votre vie, c'est cela ?

Pensant que cela serait plus simple pour tous les deux, elle répondit :

- Effectivement et je suis très amoureuse.

- Alors, ce type a beaucoup de chance.

- Sans doute.

Ils se séparèrent en se donnant une solide poignée de main.

Bettina repartit dans l'autre direction en songeant qu'elle aurait certainement préféré être moins belle et moins attirante, cela lui aurait évité bien des désagréments dans sa vie. Elle aurait pu repartir dans le sud de la Californie dès le lendemain, au lieu de cela, elle prétexta auprès de Louann qu'elle aimerait, tant qu'elle était là, finir un dossier qui traînait depuis quelques mois.

Au lieu de l'appeler pour le lui dire, elle lui envoya un rapide texto en espérant que Louann n'est pas idée, comme la veille, de lui répondre de vive de voix. En entendant son portable vibrer, elle fit une rapide prière pour que celui-ci ne sonne qu'une fois et c'est ce qu'il fit. En effet, elle voyait bien que Louann commençait à s'interroger sur le fait que Bettina acceptait à chaque fois de repartir et surtout de rester en France.

Ne pas l'avoir une nouvelle fois au téléphone la soulageait. La jeune femme s'occupa toute la journée. Se sentant mieux à Paris, la pression avait quelque peu diminué. Elle n'était pas naïve, elle avait bien compris que les séjours à L.A. allait tôt ou tard s'allonger, que les excuses invoquées à chaque fois finiraient par s'épuiser, mais, elle n'avait, pour l'instant, trouvé aucune autre alternative à celle-ci. Agacée par la tournure que prenaient ses pensées, elle prit une bonne douche froide, grignota un morceau, puis alla se coucher.

Le lendemain, Bettina apprit une nouvelle qu'il la rassura et la soulagea. Louann revenait également en France en fin de semaine car elle devait gérer certains articles qui annonceraient le grand retour de Carrie. De penser que Louann était bientôt sur Paris faisait moins culpabiliser Bettina, surtout que si elle l'avait vraiment voulu, elle aurait pu repartir sur L.A, dès le lendemain de son arrivée.

Les journées passèrent rapidement. Malgré elle, elle fut ravie de revoir Louann, car travailler avec et près d'elle était un réel plaisir. Ce qui, par contre, la dérangeait et la souciait un peu plus, c'était les sentiments qu'elle commençait à éprouver pour la jeune femme. Elle avait beau lutter, mais, il fallait se rendre à l'évidence, petit à petit, un réel lien amical commençait à se tisser entre elles, au grand dam de Bettina. Alors qu'elles étaient en train de manger, Louann demanda à Bettina :

- Au fait, ton rendez vous avec le directeur de la chaîne c'est bien déroulée ?

- Oui, très bien. Je pense qu'il ne posera aucune difficulté face aux conditions imposées par Carrie.

- Tant mieux. J'ai rencontré ce jeune homme deux ou trois, il est tout à fait charmant, non ?

- Oui, si on veut.

- Pourquoi ? Tu n'apprécies pas ce style d'hommes ?

- Ce n'est pas ça, disons, que si je peux les éviter, je le fais.

- Vraiment ?

- Oui, vraiment.

- Mais il t'a un peu dragué ?

- Effectivement.

- Et ?

- Et rien. Je lui ai gentiment signifié que cela ne m'intéressait pas.

- Pas la bonne période ?

- On va dire ça comme ça.

- Vue ta tête, tu n'as pas envie d'en parler, n'est ce pas ?

- Disons que je n'aime pas beaucoup évoquer cette partie de ma vie.

- Je comprends, en tous les cas, si tu ressens un jour le besoin d'en discuter avec moi, je suis là.

- Merci, je saurais m'en souvenir.

Et la conversation s'arrêta là, au grand soulagement de Bettina. Qu'elle devienne amie avec Louann était, certes, une chose, mais delà à se confier et à lui raconter une partie de sa vie était un pas qu'elle n'était pas prête à franchir et qu'elle ferait tout pour ne pas franchir, au risque de la faire souffrir, ce qui était déjà le cas.

Le repas se termina presque dans le silence le plus complet. Le regard de Louann s'était accroché au visage de Bettina, elle semblait réfléchir.

Ses yeux semblaient vouloir transpercer ceux de sa jeune amie pour aller fouiller au plus profond de son âme. Ce qui avait particulièrement mis mal à l'aise Bettina.

Quelques minutes plus tard, Louann partit tout en jetant un regard un peu plus appuyé que de coutume à Bettina. Après le départ de Louann, Bettina tourna en rond pendant quelques minutes dans son salon. Était ce elle ou Louann avait essayé de lui soutirer quelques informations ? lui faisant ainsi comprendre ainsi qu'implicitement, elles étaient amies ? elle chercha son sommeil pendant de nombreuses minutes. Il fallait à tout prix qu'elle trouve un moyen pour ne pas que Louann trouve suspect qu'elle ne se confie pas à elle et ça, c'était pas gagné du tout.

Le lendemain après une journée de travail tranquille, Bettina rentra chez elle pensant qu'elle pourrait peut être prendre une bonne douche.

Tout en marchant, elle s'imagina déjà les gouttelettes d'eau rouler et ruisseler sur son corps fatigué. Il faisait tellement chaud qu'elle sentait son chemisier se coller à chacun de ses mouvements.

Quelques minutes plus tard, elle monta les quelques marches qui la séparaient de sa porte d'entrée. Son regard tomba aussitôt sur un petit paquet déposé sur le perron. Elle sentit son cœur s'accélérer. "non ce n'est pas possible, c'est tout simplement impossible" songea t elle. D'une main tremblante, elle prit le colis rectangulaire et rentra chez elle non sans avoir jeter auparavant un regard furtif autour d'elle. A peine franchi la porte, elle posa ses clefs sur la table basse et sans même prendre le temps de s'asseoir, elle défit le colis. Choquée par ce qu'elle vit, elle jeta celui ci qui fit un bruit mat en tombant.

Il s'ouvra et une rose noire dans un cercueil blanc immaculé sortit de la boite. Elle porta la main à sa bouche, elle voulut crier mais aucun son ne sortit. La gorge nouée, elle ramassa le colis et le jeta sur le canapé. Son regard se perdit alors dans le lointain. Des images d'une rare violence apparurent sans effort devant ses yeux. Ses poings se serrèrent et elle sentit des larmes perler dans l'ombre de ses paupières. "Comment est ce possible ? comment a t il pu me retrouver ?".

Mille pensées se percutèrent dans son cerveau. Elle savait qu'elle devait souffler, et pour réfléchir elle devait prendre du recul. Mieux encore, arriver à en parler à quelqu'un. Sans aucun effort, l'image d'une femme apparut devant ses yeux : Louann. De toute façon, à part elle, elle ne fréquentait personne et là, elle savait que si elle commençait à recevoir ce style de courrier, s'il était réellement de retour, il n'en resterait pas là...et dieu sait ce qu'il pouvait faire, ce qu'il était capable de faire..un esprit aussi tordu et perturbé que lui était susceptible d'organiser et d'accomplir des horreurs sans nom, non digne d'un humain. En pensant à ce qu'elle avait déjà subi et ce qu'il pourrait encore lui faire, un frisson courut sur son échine et remonta sur ses bras. Bettina n'était pas une faible femme mais, tout être a ses limites, ses failles et ses faiblesses et "son bourreau" les connaissait trop bien et en avait déjà usé pendant le passé.

Elle respira un grand coup, réfléchit encore un instant, puis en soupirant, envoya un rapide message à Louann. Elle ne lui avait que très peu parlé d'elle, se drapant d'une aura mystérieuse. Bettina savait observer et reconnaître lorsque quelqu'un se posait des questions, s'interrogeait, même en silence...surtout en silence. Louann lui avait posé des questions, l'avait incité avec tact et délicatesse à se confier à elle, lui faisant comprendre qu'elle la considérait comme une amie, mais Bettina d'un naturel méfiant était resté de marbre face à toutes ses sollicitations amicales. Peut être au vue des événements, il était temps qu'elle lâche quelques bribes de son passé, pour elle, et surtout pour sa "future" sécurité.

Ce fut la sonnette de la porte d'entrée qui la fit revenir à la réalité. Après avoir vérifié qu'il s'agissait bien de Louann, elle la laissa franchir le hall d'entrée sans rien dire.

Tout naturellement, Louann la suivit dans le salon. Elles s'assirent en face l'une de l'autre. Bettina en évitant soigneusement le regard de Louann commença d'une voix qui se voulait assurée mais qui tremblait un peu :

- Merci d'être venu aussi vite, comme je te le disais dans mon message, j'ai à te parler.

- Comme je te l'ai souvent dit, tu peux compter sur moi, tu as bien fait de m'appeler. Je t'écoute fit Louann en lui souriant.

Bettina baissa la tête. Elle devait trier les informations qui défilèrent dans son cerveau, tel un raz de marée. Les trier et surtout réfléchir à ce qui était acceptable de dire et ce qui ne l'était pas. Après une brève hésitation, elle lança :

- Voilà, j'ai eu une vie, disons un peu compliquée..Je suis tombée sur la mauvaise personne...Au début, tout allait bien entre nous. Il était charmant, charmeur, discret..nous nous complétions à merveille. Et puis alors que nous sortions ensemble depuis plusieurs mois, il a commencé à modifier son comportement avec moi.

Il s'est révélé être un homme jaloux, possessif..je ne le reconnaissais plus. Il m'humiliait en public, devant nos ami(es) . Je ne pouvais plus le supporter.

Un léger silence tomba, Bettina les yeux baissés, continuait à réfléchir sur ce qu'elle pouvait évoquer à Louann. Elle pouvait facilement parler, se confier tout en réfléchissant à ce qui pouvait la mettre en danger ou pas. Louann resta silencieuse, son regard grave, empathique n'avait pas cessé de quitter Bettina.

Quelques minutes plus tard, Bettina continua d'une voix quelque peu douloureuse :

- La situation n'étant plus tenable, j'ai voulu rompre, en douceur. J'ai toujours détesté les conflits, la violence, mais c'était sans compter sur lui...qui refusait bien sûr que je parte. Lui qui se vantait que personne, aucune femme n'avait réussi à le quitter. Je me suis fait violence, essayant de prendre à la légère ses menaces à peine voilées. J'ai loué un appartement dans la même ville, mais à l'opposé du sien.. C'était sans compter sur sa ténacité. Il m'a harcelé pendant des mois, au téléphone, frappant à ma porte à n'importe quelle heure du jour comme de la nuit..il m'envoyait des courriers tantôt charmeurs, tantôt menaçants, toujours accompagnés d'un cercueil noir, ou d'une rose noire..De guerre lasse, j'ai fini par porter plainte..ce fut un long comba.La police disait qu'il n'avait rien fait, que le harcèlement était peu puni par la loi. Alors j'ai fini par enregistrer tous ses appels, filmées toutes ses visites, et là, ça a enfin portée ses fruits.Il a été arrêté et condamné à une légère peine de prison et une interdiction de m'approcher.Pour plus de sûreté, j'ai quitté le pays, changé de nom, de prénom, de vie...je pensais que je n'entendrais plus jamais parlé de lui, mais ce jour, j'ai reçu ce cercueil, c'est sa marque à lui...et il le sait. Il m'a retrouvé et je dois le reconnaître ça me tétanise.

Louann réfléchit à la meilleure conduite à tenir.D'abord, ne pas effrayer Bettina, y aller en douceur. Elle s'était déjà confié à elle, ce qui était déjà un énorme pas...elle devait choisir ses mots pour ne pas qu'elle se ferme comme cela avait déjà été le cas bien des fois dans le passé..

Elle commençai d'un ton à la fois calme et tranquille, quelque peu grave aussi :

- Ok, je te remercie d'abord d'avoir réussi à te confier à moi.Je comprends tout à fait ton appréhension, ta peur, tes angoisses en imaginant que celui qui t'a harcelé pendant des mois soit de retour.Ne t'inquiète pas, ça va s'arranger. Ce que je te propose, c'est d'en parler avec Carrie, non, attends, laisse moi finir s'il te plaît.

Carrie possède un système de protection très pro et très performant.Tu ne dois pas rester seule dorénavant.Dieu seul sait ce que ce type serait capable de te faire. Il ne va y avoir aucun souci, c'est quelqu'un de très compréhensif, elle a beaucoup d'estime et de respect pour toi, elle t'aidera, j'en suis sûre. Et si tu le permets, je demanderais à Carrie de faire une enquête sur ce type et voir ce que l'on peut faire pour qu'il te laisse tranquille.Les hommes de main de Carrie peuvent être très persuasifs.

Bettina réfléchit à tout à allure devant les propositions de Louann. Son cerveau se mit à tourner dans sa tête, elle pensa au divers conséquences que cela pouvait entraîner, ce qui pourrait arriver, et bien sûr toutes les émotions que cela pouvait entraîner chez elle. Affects qu'elle n'arrivait pas à mettre, pour une fois, de côté.

- Oui, peut être que tu as raison..mais je ne veux pas pose de problèmes à Carrie.

- Tu ne lui en poseras aucun ! au contraire, je suis sure qu'elle sera ravie de t'aider. Ne t'inquiète pas pour ça. Je t'assure que ça ira.

- Je sais pas. J'en sais plus rien murmura Bettina.

- Écoute, tu n'as rien à perdre, je t'assure.Je connais bien Carrie, depuis des années, c'est quelqu'un de très humain, et très empathique, qui aime aider son prochain. Si tu préfères, je serais là lorsque tu lui parleras, ça sera peut être alors plus facile pour toi. Tu ne peux pas rester dans cette situation et moi, je déteste te voir dans cet état.Je n'aime pas te voir souffrir comme ça, laisse moi t'aider, ça va aller crois moi.

Bettina jeta un coup d'œil à Louann. Elle était tellement convaincante et Bettina devait reconnaître que les mots de son amie la touchait particulièrement, la bouleversait même. En essayant de cacher son trouble comme elle le pouvait, elle poussa un soupir et lâcha :

- Ok, je suis d'accord pour aller parler à Carrie. Je ne peux rester ainsi, dans la peur, le doute, l'angoisse. Merci de bien vouloir m'aider.

- Pas de problème, ça me fait plaisir.

Bettina sentit Louann réfléchir avant que celle ci finisse par lui dire d'une voix un peu hésitante :

- J'imagine que ce type sait où tu vis, je ne me sentirais pas tranquille si tu continues d'habiter ici. Ce que je te propose, c'est de venir chez moi, juste le temps que ça se tasse..j'habite une maison immense chez et j'avoue que je me fais mal à la solitude...

Que Louann veuille bien l'aider était une chose, qu'elle accepte cette aide, pourquoi pas ? mais delà à aller vivre chez elle, c'était un pas qu'elle ne savait pas s'il était possible de le franchir ou pas.

Voyant Bettina hésiter, Louann insista gentiment en lui disant :

- Je pense vraiment que c'est la meilleure solution. Toi même tu ne peux pas rester ici, aux vues de ce qu'il t'a envoyé, nous pouvons redouter le pire le concernant, non ?

- C'est vrai reconnut tout bas Bettina.

- Bon alors c'est réglé. Je peux attendre ici le temps que tu fasses tes valises.

Bettina écarquilla les yeux et lança déconcertée :

- Parce que je dois faire mes valises maintenant ? je veux dire là tout de suite ?

- Behin oui, je pensais que c'était ainsi que tu l'avais compris.

- Non pas vraiment.Je pensais que tu me laisserais un peu de temps pour rassembler mes affaires..

- Je te laisse du temps, mais je pense qu'il vaut mieux que tu partes aujourd'hui. Pour être tout à fait sincère, j'ai vraiment très peur de ce type et je m'en voudrais trop s'il t'arrivait quelque chose dans les jours qui viennent..mieux vaut être prudent. Plus tôt tu partiras d'ici, plus tôt tu seras en sécurité.

A ce laïus, Bettina ne trouva rien à redire. Louann avait raison, avait hélas raison..ce type était capable de tout, même du pire, surtout du pire.

De guerre lasse, elle se leva et partit faire ses bagages. Ce ne fut pas long..même si pour elle, cela parut être une éternité. Elle prit son pc portable, quelques photos et après avoir jeté un dernier coup d'œil à cet appartement dans lequel elle s'était pourtant senti en sécurité, elles partirent rapidement.

Louann n'habitait pas très loin de chez Bettina. Perdue dans ses pensées, le trajet lui parut très rapide. Ce fut la voix de Louann qui la fit sortir de sa torpeur..

Bettina leva la tête et ne put qu'admirer la belle demeure qui s'offrait à elle. Un portail en fer forgé, un mur de près de 2 m abritait une longère rénovée. Elles franchirent le péron sans rien dire. S'offrit à Bettina une superbe entrée donnant sur un salon/ salle à manger aux couleurs chaudes, les pierres avaient été conservé ainsi que les poutres..un peu plus loin, une cuisine ouverte ultra moderne tranchait sur le côté plus rustique du salon. Tout en suivant Louann, Bettina nota un long couloir, un escalier en pierre donnait visiblement dans les chambres. Louann tout en montant expliqua à Bettina qu'effectivement, la demeure offrait 4 chambres, ainsi qu'une salle de bain à l'étage et en bas. Tout avait été fait dans cette maison pour que les habitants s'y sentent bien, comme dans un cocon..

La chambre de Bettina était grande avec un gigantesque dressing, un lit en chêne massif et une table de chevet au même ton. Celle ci posa sa valise sur le lit. Louann la laissa ranger ses affaires et quitta la pièce discrètement.

Bettina défit sa valise avec des gestes automatiques, comme si elle avait été robotisé. Elle essayait de ne pas trop réfléchir, trop se poser de questions, mais son cerveau faisait le forcing pour qu'il en soit autrement.

"maudit cerveau" jura t elle entre ses dents. Sans s'en rendre compte, elle avait rangé ses affaires en un temps record. En soupirant, elle sortit de sa chambre et descendit les escaliers. En se dirigeant vers la cuisine, elle sentit une bonne odeur de café se dégager de celle ci. Louann l'accueillit avec un large sourire.

- J'ai fait du café, je me me suis dit que tu en aurais sûrement besoin.

- Oui, en effet murmura Bettina.

Elles burent leur café silencieusement. Bettina sentit le regard de Louann peser et poser sur elle.Au final celle ci lui demanda :

- Je peux appeler Carrie pour lui dire de venir manger ce soir à la maison ?Comme ça, tu pourras lui expliquer ce qui se passe.

"Quoi ? déjà ?" pensa Bettina, "décidément, elle me laisse pas beaucoup de répit" . Semblant lire dans ses pensées, Louann lui lança de sa voix à la fois douce et rassurante :

- Je conçois que tout cela va peut être un peu trop vite pour toi, que tu as la sensation que je te bouscule un peu, beaucoup même, mais plutôt ces démarches se feront et plutôt tu seras protégé. Ici tu es en sécurité, la maison est surveillée et dotée d'un système de sécurité ultra performant, mais je serais, et toi aussi sans doute, complètement rassuré, lorsque je saurais que ce type a été arrêté et mis hors d'état de nuire. Et pour cela, nous devons agir vite. Je vois bien que tout cela te perturbe beaucoup, que tu sembles très troublée...je m'étais toujours promise de ne jamais te bousculer ni aller trop vite avec toi, mais là, je n'ai pas vraiment le choix..

tu comprends ?

Il n'y avait pas à dire Louann savait trouvé les mots pour toucher Bettina, la rassurer aussi. Celle ci se dit alors qu'elle avait bien fait de se confier à Louann. Elle s'était doutée en lui parlant de ce type que Louann prendrait les choses en main. Celle-ci était une femme forte et déterminée. Active aussi, elle pouvait prendre des décisions rapidement sans se tromper...Bettina avait eu le temps de l'observer tout ce temps, pendant tous ces mois et elle en avait tiré ses conclusions depuis un moment.Elle ne s'était donc pas trompé sur son compte, et ça aussi, ça la rassurait.

Bettina hocha positivement de la tête. Louann enfonça le clou en finissant par dire :

- Tu peux me faire confiance, entière confiance. Je ne trahirais pas, jamais.

En entendant ces mots, Bettina déglutit difficilement, elle se mordilla nerveusement les lèvres, geste qu'elle effectuait à chaque fois qu'elle se sentait troublé, comme touché en plein cœur, ce qui était le cas encore une fois.

Elle finit par jeter presque dans un murmure :

- Je ne sais pas quoi répondre à tout cela. Juste que je suis bouleversée par tes mots, ton attitude et ce que tu fais pour moi.

Tout doucement, Louann posa une main sur l'avant bras de son amie, Bettina se crispa légèrement, mais ne la repoussa pas. Et tout aussi doucement, elle lui lança :

- Ce que je fais pour toi est tout à fait normal, c'est ce que font les amies entre eux, non ?

- Oui sûrement lui répondit seulement

Bettina tant elle avait la gorge nouée.

- Bon, très bien. Je file passer un coup de fil à Carrie, je reviens de suite, d'accord ? en attendant, fais comme chez toi.

- Oui, merci.

La conversation entre les deux femmes ne fut pas longues, à peine Bettina put errer dans des pensées plutôt tortueuses et sombres, qu'elle entendait la voix de Louann retentir.

- Carrie sera là vers 19h, elle est ravie de venir manger à la maison, enfin, ça lui fait plaisir.

- Tu lui as dit pour moi ?

- Pas exactement non. Elle sait que tu seras là, mais n'a pas posé de questions, apparemment, elle semblait trouver normal que tu sois présente ce soir.

- Oui, je peux me montrer franche avec toi ?

- Bien évidemment, dis moi ce qui te tracasse.

- Je pense que ça va être difficile pour moi de lui dire à Carrie pour ce mec et tout ça..enfin tu vois ?

- Pourquoi ? comme je te l'ai déjà dit, Carrie sous ses abords un peu froids, est quelqu'un de très chaleureux et très humain. De plus, tu fais partie de la famille maintenant, et pour Carrie, son équipe c'est hyper important. Crois moi.

- Je sais tout ça..je sais que c'est idiot, mais nous en avions déjà parlé toutes les deux, cette femme m'impressionne et je ne me l'explique pas.J'ai pourtant côtoyé avant elle des personnalités, des gens mondialement connus et j'avais toujours été à l'aise avec eux, enfin, je n'avais pas peur de leur parler ni n'avais de telles appréhensions à leur égard. Avec Carrie, ça semble différent..

- Je comprends ce que tu veux dire, ne t'inquiète pas, je serais là, je t'aiderais à en parler s'il le faut même si je préférerais que tu lui dises toi même ce qu'il en est. Çà va pas être si terrible, crois moi.

- Oui, de toute façon, tu as raison. Je dois me sentir protégé et on doit arrêter ce type. Si tu penses que Carrie peut m'aider à le faire, alors je me dois de lui expliquer ce qu'il en est exactement.

- Enfin des paroles censées ! Carrie va prendre les choses en main ! tu n'auras plus à te préoccuper de rien. Si quelqu'un peut retrouver ce type ce sont bien ses hommes de main.

- Ok, vu sous cet angle, c'est plutôt rassurant en effet.

Les deux amies reprirent un café en devisant de tout autre chose. Bettina voyait bien que Louann faisait ce qu'elle pouvait pour la détendre et lui changer les idées et cela semblait fonctionner..

Lorsque la sonnette d'entrée retentit, Bettina sursauta légèrement et jeta un œil à la lourde comtoise qui trônait dans le salon. "19h, déjà ? " pensa t elle. Carrie superbe dans un ensemble chemisette blanche et jean décoloré les salua très chaudement. Elle ne semblait en effet en aucune façon surprise de voir Bettina chez Louann. Elles décidèrent d'un commun accord de prendre l'apéritif dans le salon

Les lumières tamisées et les fauteuils lourds et confortables donnaient à la pièce un aspect à la fois chaud et "cocooning" . Un aspect qui pouvait pousser à la confidence...ce qui rendit un peu mal à l'aise Bettina.

Elles commencèrent à parler de la tournée, du nouveau spectacle, des futures interviews..enfin, parler était un grand mot.C'était plutôt Louann et Carrie qui discutèrent essentiellement boulot. Pourtant de temps à autre, Louann jetait quelques coups d'œil à Bettina ce qui mettait cette dernière fort mal à l'aise.

Celle ci de plus en plus en gênée finit par s'excuser et sortit de la pièce. Alors qu'elle ressortait de la salle de bain où elle s'était rafraîchi, elle buta presque sur Louann. Celle ci lui chuchota :

- Que se passe t il ? tu sembles très tendu.

- Tu le sais ce qui se passe, je t'avais prévenu que ça pourrait être difficile pour moi d'aborder le sujet avec Carrie.

- Oui, ok mais je ne pensais pas que cela serait à ce point ! tu veux attendre la fin du repas?

- J'en sais rien !

- Bon en même temps, si on attend la fin du repas, tu risques d'être tendu pendant celui ci et ça va pas être mieux, je pense..bon écoute, voilà ce que je te propose, j'entame le sujet en revenant au salon et tu continues, ça te va ?

Louann avait raison, Bettina ne pouvait pas reculer le moment indéfiniment.Elle hocha la tête sans être tout à fait convaincu du succès de la proposition de Louann.

Louann attendit qu'elles soient toutes les deux confortablement assises pour commencer :

- Carrie, tu ne semblais pas surprise de voir Bettina chez moi ce soir.

- Non, c'est vrai. Çà fait un moment que j'avais noté que vous vous entendiez plutôt bien toutes les deux, voir même que vous étiez amies.

- C'est vrai que nous sommes amies Bettina et moi..en fait, si elle est là ce soir c'est parce qu'elle ne peut plus retourner dans son appartement.

- Ah bon ? et pourquoi vous ne pouvez pas y retourner ? fit Carrie en se tournant vers Bettina.

- Disons que j'ai quelques problèmes avec un type qui vient de mon passé murmura Bettina.

Carrie fronça les sourcils et la regarda plus attentivement.

- Vous pouvez être plus claire ?

Bettina comprit alors qu'elle ne pourrait plus reculer et que Carrie ne se contenterait pas d'explications hasardeuses..

Elle baissa la tête, et ce fut d'un ton grave qu'elle commença :

- Voilà, il y a quelques années, je suis sortie avec un type, au début tout allait bien entre ns, puis ça a commencé à partir en vrille.Il est devenu jaloux, possessif, violent. A bout, j'ai fini par rompre, mais personne ne rompait avec lui sans qu'il y est aucune conséquence, il me l'avait suffisamment répété pour que je le comprenne. Et là l'enfer a commencé...il a commencé à me harceler par tous les moyens qu'il a pu trouvé.J'ai du changé de nom, de pays...et puis les mois, les années ont passé.N'ayant plus aucune nouvelle de lui, je pensais que j'avais réussi, mais c'était mal le connaître..en revenant chez moi aujourd'hui, un paquet était posé sur le perron...je suis rentrée et je l'ai ouvert. C'était un cercueil noir avec une rose noire dedans, sa signature.Il m'avait retrouvé ça ne faisait aucun doute...j'ai donc pris mon téléphone et j'ai appelé Louann. Le reste vous le savez.

Le visage de Carrie s'était un peu assombri, elle paraissait réfléchir. Elle finit par dire d'un ton tout aussi grave :

- Bon, voilà ce que je vous propose. Je vais en parler avec les détective privés avec qui j'ai l'habitude de travailler. Ils sont très discrets et très compétents, ils retrouveront ce type. Vous pouvez leur faire et me faire confiance. Je m'occupe de tout.

En attendant, il est évident que vous restez ici.Je vais renforcer la sécurité autour de vous, je préfère. On ne sait jamais ce que ce genre de type est capable de faire.

Bettina lui jeta un regard surpris et lança d'une voix tout étonnée :

- Vous allez vraiment vous en charger ?

- Bien évidemment ! ça a l'air de vous surprendre ? Écoutez, c'est vrai que nous n'en avons jamais parlé toutes les deux mais je pensais que vous l'aviez compris. Nous formons une grande famille qui vous intègre vous et Louann qui est une amie de longue date, et tous mes proches qui s'occupent de ma carrière. Je vous apprécie beaucoup et je tiens à vous. De plus, je vous fais entière confiance. A partir de là, lorsque quelqu'un touche à un membre de ma famille, c'est comme s'il me touchait moi, vous comprenez ? Si vous avez un souci, quelqu'un soit, vous pourrez compter sur moi, en toute circonstance..si vous avez besoin de parler, de vous confier, je répondrais également présent. Vous n'êtes pas que ma collaboratrice. Je fonctionne comme ça. La confiance va avec le côté humain. Pour moi l'un va pas s'en l'autre.

Bettina se tortilla sur sa chaise particulièrement touchée et troublée par ce discours. Elle ne put que murmurer :

- D'accord, je comprends.

Un silence tomba alors. Il est évident que vu la tête de Carrie, celle ci s'interrogeait par l'attitude de Bettina qui pouvait sembler disproportionné par rapport à la situation. Être troublée et touchée à ce point n'étaient pas vraiment dans la logique des choses. Et Bettina le savait fort bien.

Bettina sentant le regard de Carrie la transpercer se sentit de plus en plus mal à l'aise. Elle finit par se lever en murmurant un vague "excusez moi" . Sous le regard interloqué de Carrie, elle s'enfuit vers la salle de bain. Elle s'y enferma, se passa de l'eau fraîche sur le visage histoire de se ressaisir, se regarda un long moment, poussa un soupir et repartit.

De retour dans le salon, elle put que noter le visage grave de Carrie et Louann. D'emblée elle fronça les sourcils.

Carrie attendit que Bettina se réinstalle dans l'un de ses profonds fauteuils et lui lança d'un ton chaleureux :

- Écoutez, je ne dis pas forcément les choses mais j'ai toujours l'impression que vous étiez mal à l'aise avec moi, comme si vous vous sentiez pas en confiance...j'avoue que j'avais pris ça pour de la timidité, mais vous vous doutez bien que je me suis renseignée sur vous, l'image que l'on m'a donné de vous, celle que Louann a également ne correspond pas à celle que j'ai moi. Je ne comprends pas pourquoi vous êtes ainsi avec moi ni d'où vient ce malaise. Peut être qu'il serait temps que nous en parlions vous et moi.

- Quoi ? là maintenant ? s'écria Bettina s'entend la panique la gagner.

- Et pourquoi pas ? C'est le soir idéal, non ? et puis, je crois que nous connaissons depuis suffisamment longtemps pour se tutoyer non ?

- Oui, si vous voulez, enfin si tu veux.

- Bon, explique-moi tout ça lui lança Carrie d'un ton très chaleureux et un sourire engageant.

Bettina jeta un coup d'œil à Louann ; celle ci l'encouragea du regard. Bettina réfléchit et finit par dire :

- Je peux me montrer franche avec toi ?

- Bien évidemment, c'est tout ce que je souhaite, que tu sois franche avec moi.

- Ok, tu as raison. Je ne suis pas étonnée que tu te sois renseigné sur moi, c'est la procédure habituelle. Tu sais donc que j'ai pu côtoyé des célébrités, des personnes mondialement connus et que même si je gardais une distance toute professionnelle avec elle, j'étais toujours très à l'aise à leur côté..avec toi, c'est différent. Je me suis demandée pourquoi, pourquoi étais je à ce point sur la réserve, si mal à l'aise, si troublée. A vrai dire, je n'ai pas vraiment de réponses si ce n'est que quelque chose en toi me trouble et me touche. Cependant si je relativise les choses et les rationalise j'en arrive toujours à la même conclusion que tout cela est ridicule et incompréhensible. Du coup, peut être qu'il serait temps effectivement que je te fasse confiance et que je ne sois plus mal à l'aise auprès de toi, surtout qu'il n'y a aucune raison pour que cela soit le cas. J'espère simplement que tes détectives retrouveront vite la trace de ce type parce que j'avoue que ça me glace le sang de savoir qu'il est dans les parages et qu'il sait où je vis.

- Je comprends, je te remercie de ta sincérité et de ton, honnêteté.

Ce type est capable de quoi exactement ?

A cette question, des flashs douloureux traversèrent le corps de Bettina et s'inscrivirent une fois de plus dans son cerveau.Elle dut faire un effort presque surhumain pour les chasser.Elle lâcha seulement :

- Cet homme est capable du pire, tout simplement du pire.

- Ok. Dans ce cas, nous n'allons pas perdre inutilement de temps.Je vais de suite passer quelques coups de fils...je n'en ai pas pour longtemps .Excusez moi

Quelques minutes plus tard, Carrie revint et assura que tout était arrangé. Au grand soulagement de Bettina. Elle prit congé de ses deux collaboratrices en leur souhaitant une bonne nuit. Bettina et Louann allèrent se coucher quelques instants plus tard. Bettina mit du temps à trouver le sommeil.

Déjà, elle n'était plus chez elle et ce changement la perturbait bien plus qu'elle le pensait et surtout elle continuait à s'inquiéter, malgré elle, de ce qui pourrait lui arriver.

Le lendemain matin, Bettina se leva aux Aurores, prit une bonne douche et se servit une bonne tasse de café. Elle entendit la douche s'activer au moment où elle buvait une gorgée du doux arôme brûlant. Quelques minutes plus tard, Louann fit son apparition. Bettina eut tout le loisir de la regarder. Louann était vraiment une belle femme, avec beaucoup de charisme et un charme fou. Pour la première fois depuis longtemps, des images quelque peu érotiques vinrent la percuter et elle sentit son cœur s'accélérer. Troublée malgré elle, elle masqua celui ci comme elle put. Louann se dirigea vers elle de sa démarche à la fois tranquille et sensuelle, et tout naturellement, l'embrassa dans les cheveux. Une nouvelle fois, Bettina sentit le trouble la gagner mais les images qui s'étaient affiché sous ses yeux n'étaient pas en lien avec Louann mais avec une autre femme qu'elle côtoyait de tout aussi près.. « que m'arrive t il ? ».

- Bien dormi ? s'enquit Louann.

- Oui, ça a été, et toi, ça va ?

- Oui, je vais très bien merci lui répondit Louann en lui souriant.

Quelques minutes plus tard, Louann sortit pour aller chercher du pain. Sans son amie, la maison devint soudainement silencieuse, le vide aidant, Bettina sentit ses pensées naviguer vers des contrées sombres, des contrées qu'elle connaissait que trop bien, ses contrées qu'elle avait réussi à tenir éloigner pendant des années, revenaient sans crier gare, comme une vague contre un rocher.

Elle savait pourtant que celles-ci ne la mèneraient nulle part. Elles risqueraient juste de lui faire du mal et de la faire souffrir, comme avant. Bettina serra les poings et au prix d'un effort presque surhumain, elle réussit à éloigner ses pensées très loin d'elle. « m'occuper, je dois occuper ce maudit cerveau » . Ce faisant, elle chercha, en vain, son téléphone professionnel où elle y gardait toutes ses notes. Bosser, plancher sur les nouveaux articles de la star dont elle était l'attaché de presse personnel, voilà ce qu'il lui fallait, mais sans ce maudit téléphone, elle ne pouvait rien faire..

Elle réfléchit quelques instants pour savoir où elle avait pu laisser son précieux outil de travail. Et elle le « vit » dans son appartement, posé sur la paillasse de la cuisine ; elle poussa un juron. « il ne manquait plus que ça » . Spontanément, refusant d'attendre le retour de Louann, elle décida de retourner dans son appartement pour aller le chercher. Bien sûr, « ses nouveaux gardes du corps » l'accompagnèrent chez elle. Pendant qu'un des deux était restée à l'extérieur, l'autre, après l'avoir devancé afin de vérifier que l'appartement était bien vide attendait devant l'entrée.

Bettina prit son téléphone qui se trouvait bien à l'endroit visualisé, en profita pour faire un dernier tour sur son « ancien chez elle » et alors qu'elle sortait de la chambre et s'apprêtait à pénétrer dans le salon, elle entendit un bruit terrible provenant du hall d'entrée. Son cœur fit un bond dans sa poitrine et là, tout alla très vite, « le type » lui sauta dessus, une douleur horrible la terrassa, puis ce fut le trou noir.

Bettina cligna des yeux et la première fois chose qu'elle vit, c'est un plafond blanc immaculé.

Elle bougea de manière spontanée, sans réfléchir, aussitôt elle grimaça de douleurs tant ses simples mouvements l'avaient fait souffrir. Elle entendit alors la porte s'ouvrir et comme dans un brouillard elle vit Louann se diriger vivement vers elle.

-Ah super tu es réveillée, tu m'as fichu une de ses trouilles.

- Je viens juste d'ouvrir les yeux murmura Bettina.

- Comment te sens tu ? lui demanda Louann en s'asseyant sur le lit.

- J'ai mal partout, j'ai l'impression d'être passé sous un rouleau compresseur.

- Oui, tu n'as rien de cassé, ça c'est la bonne nouvelle, des hématomes, des contusions, et sans doute un trauma crânien. Ils vont te garder ici pendant 48h en observation.

- D'accord.

Bettina vit Louann hésiter, elle paraissait choisir ses mots, elle finit par demander d'une voix chaude :

- Ce type, avant que tu perdes connaissance, est ce qu'il t'a fait ... ? enfin tu vois ?

Leur regard se croisèrent, se fixèrent un instant. Elles s'étaient comprises. Bettina ferma les yeux, les images revinrent, intactes, douloureuses, comme si cela s'était passé quelques instants plus tôt. Elle prit une profonde inspiration et lâcha :

- Oui, il m'a agressé sexuellement, pas violée, mais il m'a caressé enfin tu vois ?

Louann poussa un juron et son visage s'assombrit. Tout en posant une main douce sur son bras, elle lui lançai d'une voix douce, teintée de gravité :

- Je suis vraiment désolée de ce qu'il t'a fait, si un jour, tu veux m'en parler, dire ce que tu ressens par rapport à cela, je serais là. Je suis ton amie, je peux tout entendre, alors n'hésite pas, d'accord ?

Bettina la remercia dans un murmure. A ce moment là, elle entendit le téléphone de Louann sonner. Celle-ci s'excusa auprès d'elle et quitta rapidement la pièce. Bettina, encore sous le choc et très fatiguée, ferma à nouveau les yeux et commença à somnoler, puis s'endormir. Lorsqu'elle se réveilla à nouveau, il faisait presque nuit dans la chambre. Elle jeta un œil à la pendule juste en face d'elle, elle fit un calcul rapide et en conclue qu'elle s'était assoupi près de 3h. Elle dut reconnaître que le fait de dormir lui avait fait du bien, elle se sentait un peu mieux, juste un peu mieux....Elle entendit son téléphone sonner, elle parcourut le message qui lui avait été envoyé, c'était

Louann qui lui disait simplement que les hommes de main de Carrie étaient sur le coup et sur la piste de l'homme qui l'avait agressé, que Carrie en avait fait une affaire personnel, qu'elle souhaitait à tout prix retrouver ce type et le livrer aux flics avec lesquels elle travaillait de temps en temps. Puis, quelques mots plus personnels, plus chaleureux, qui touchèrent, une fois de plus, Bettina. Elle reçut également un message de Carrie, un message chaleureux, rempli d'encouragement qui la toucha également, mais pas de la même façon, elle devait se l'avouer et le reconnaître ; Elle se rendormit quelques minutes plus tard. Son sommeil fut calme, et réparateur. Elle se réveilla le lendemain matin. Après avoir été examiné par le médecin du service, et prit un petit déjeuner copieux, Bettina alluma la télé juste pour s'occuper, ou plutôt occuper son esprit..son esprit qui lui jouait de plus en plus souvent des tours..

Louann arriva en fin de matinée, et elle passa la journée avec Bettina. Carrie passa en fin de soirée. Les deux femmes étaient au petit soin avec Bettina et proprement adorables. Bettina se dit alors qu'elle avait beaucoup de chance de les avoir à ses côtés, que ses bleus, y compris ses bleus à l'âme lui semblaient plus faciles à digérer, à gérer, et s'émoussaient même un peu..

Le lendemain matin, les flics vinrent la voir pour enregistrer sa déposition. Pas très à l'aise, Bettina leur expliqua ce qu'elle avait vécu et identifia son agresseur comme étant son ex. Puis, le médecin l'examina et valida sa sortie pour le début d'après midi

Bettina prévint Louann de sa sortie, celle-ci vint la chercher à l'heure dite et la ramena chez elles. Le trajet fut cours et silencieux ; Bettina plongée dans ses pensées ne s'était même pas rendue compte qu'elles étaient arrivées. Louann l'aida à sortir du véhicule,

Bettina lui lança juste qu'elle voulait se reposer dans sa chambre. Son amie hocha la tête sans rien dire. Bettina s'enferma dans sa chambre, s'allongea dans son lit, ferma les yeux et finit par s'endormir vaincue par la fatigue. Lorsqu'elle se réveilla, il faisait déjà nuit. Elle sortit de son lit et prit une bonne douche. Elle se dirigea vers la cuisine, s'y trouvait Louann qui finissait de préparer le dîner.

- Bien dormi ? s'enquit elle ?

- Oui, j'avoue que ça m'a fait du bien.

- Tu as faim ?

- Un peu répondit seulement Bettina.

Louann la dévisagea sans rien dire. Elles dînèrent en parlant de tout et de rien. Bettina dut reconnaître que cela lui avait fait du bien de parler de tout et de rien, et surtout pas de son agression, son ex, son agresseur et tout le reste.

Bettina décida dès le lendemain de recommencer à bosser, juste pour se vider la tête, ne plus penser, ne surtout pas penser, si elle ne voulait pas s'écrouler. Louann la dévisageait en silence, le plus souvent en silence. Elle trouvait l'attitude de Bettina étrange. Celle-ci faisait comme si tout allait bien, comme s'il ne s'était jamais rien passé, comme si son agression faisait partie d'un songe, d'un mauvais rêve, quelque chose qui n'avait jamais existé, et pourtant, personne n'avait rêvé, ça avait bien eu lieu, malheureusement.

Le lendemain soir, Louann lui demanda, comme ça, mine de rien :

- Que t'a dit les flics ?

- Rien, ils ont pris ma déposition, et c'est tout répondit Bettina dont le visage s'était légèrement assombri.

- J'imagine qu'ils te contacteront s'ils ont des nouvelles.

- Oui j'imagine.

Et ce fut tout, Bettina ne relança pas la conversation, ni la discussion. Son regard, une nouvelle fois, se perdit dans le lointain, et elle eut du mal à décrocher avant la fin du repas. Après le repas, Louann lui posa quelques questions par rapport à son ex et son agression. Bettina fit tout pour noyer le poisson comme elle essayait de le faire depuis son retour de l'hôpital.

En vérité, Bettina était perturbée, très perturbée, tendue et mal à l'aise. Elle faisait tout pour cacher son trouble et son mal être, elle dépensait une énergie folle pour y arriver. Sans s'imaginer un seul instant que Louann n'était pas dupe..

Le lendemain, les flics appelèrent Bettina pour lui annoncer que son agresseur avait été retrouvé et qu'il était en garde à vue.

Bettina fit semblant d'être soulagé, semblant seulement. Le soir même, Louann lui demanda :

- Tu dois être soulagé que ce type aie été arrêté ?

- Oui bien sûr..

- Hum, tu sembles tout sauf soulagée lâcha Louann après un léger silence.

Aussitôt, elle vit Bettina froncer des sourcils, et sa mâchoire se contracta, oh de manière presque imperceptible, mais pour quelqu'un qui savait bien observé, c'était presque flagrant. Louann hésita, parut réfléchir, puis ce fut d'une voix qui se voulait douce qu'elle lança :

- Écoute, nous sommes amies toi et moi, et depuis que tu es rentrée de l'hôpital, je te trouve tendue, ailleurs, triste même. Je sais que tu as du mal à te confier, que la plupart du temps, tu te confies jamais,

mais s'il y a quelque chose qui te perturbe, et quelque soit cette chose, nous pouvons en parler, tu le sais.

Tout en lui expliquant tout cela, Louann ne quitta pas le visage du Bettina du regard. Elle vit celui-ci se décomposer quelque peu, elle baissa la tête et se mordilla la lèvre, mouvement qu'elle faisait à chaque fois qu'elle était troublée. Bettina finit par dire d'une voix qui se voulait détendue et calme :

- Peut être que mon agression m'a perturbé plus que je l'aurai pensé et même voulu. J'ai sans doute besoin d'un peu de temps pour la digérer, mais ça va aller, ne t'inquiète pas.

-Tu en es sûre ?

- Oui, j'en suis sure, c'est vraiment gentille à toi de t'inquiéter pour moi, et ça me touche, mais je vais bien. Laisse moi juste un peu de temps, d'accord ?

- Oui, d'accord, comme tu veux, mais je suis là si tu as besoin. N'hésite pas.

- Ok j'apprécie ta sollicitude à mon égard assura Bettina d'une voix qui se voulait légère.

Et la conversation s'arrêta là. Louann regarda Bettina se disant que quelque chose lui avait échappé dans leur discussion, mais elle n'arrivait pas à savoir quoi, et pourtant, elle avait l'impression bizarre, étrange que Bettina lui cachait quelque chose, ne lui disait pas toute la vérité...

Carrie vint les voir le lendemain pour les informer de la mise en examen de l'agresseur de Bettina. Carrie leur expliqua qu'elle avait pu discuter avec les flics chargés de l'affaire et selon eux et vu les chefs d'inculpation, l'ex de Bettina serait présenté en comparution immédiate devant le juge dès la semaine suivante.

Elle expliqua également que Bettina n'était pas obligée de se rendre au tribunal, que sa déposition était suffisamment clair et qu'elle avait, en plus, à l'aide d'une photo identifier son agresseur. De plus, les gardes du corps assommés avaient eux même identifié l'homme en question et leur témoignage devraient suffire pour accuser et inculper le type en question. Bettina, après la visite de Carrie, prétexta un début de migraine pour s'éclipser, sous le regard interrogateur Louann.

La semaine qui les séparait de la comparution immédiate de l'agresseur de Bettina passa très vite. En même temps, lorsque nous passons nos journées entières à bosser comme une forcenée, en adressant à peine la parole à la parole avec qui nous habitons, ça passe forcément très vite. Le jour j arriva..Bettina fut nerveuse, tendue toute la journée.

Carrie devait passer les voir dès qu'elle aurait des nouvelles. Dans la soirée, lorsque Bettina entendit retentir la porte d'entrée, elle sursauta presque et fit, en pensée, une étrange prière..

Carrie les embrassa chaleureusement toutes les deux, après s'être installé au salon, Carrie les regarda tour à tour et finalement lâcha :

- Bon j'ai pas forcément de supers nouvelles et j'avoue que j'y comprends rien. Ton agresseur Bettina est ressorti libre du tribunal. Vous entendez ça, libre !! j'y comprends rien du tout, avec les chefs d'inculpation qui pesaient sur lui, il aurait, au moins, du prendre du sursis, mais rien, rien du tout !

Le son de sa voix était montée d'un octave, elle semblait dépitée, déconcertée et un peu furieuse de cette décision. Devant le silence de Bettina, Louann et

Carrie se regardèrent attendant une réaction de celle-ci. Celle-ci finit, après de longues minutes, par se manifester.

- Bon après tout, je m'y étais préparée. C'est comme ça. Il a toujours réussi à s'en sortir même avec moi.

- Et c'est tout ce que tu trouves à dire ? que c'est comme ça ? s'exclama Carrie.

-Que veux tu que je fasse ? que je m'emporte ? que j'explose ? et ça changerait quoi ? est ce que cela le ferait aller direct en prison ? fit Bettina d'une voix un peu tendue.

En entendant cette tirade, Carrie parut soudain mal à l'aise, comme gênée. Elle répondit d'une voix nettement radoucie :

- Non, bien sûr que non, çà ne changerait rien, évidemment. Désolée, c'est moi qui me suis énervée. Je n'aurai pas du.

- Non, ce n'est pas grave. Je comprends que cela puisse t'agacer qu'il s'en sorte aussi bien, mais moi, avec lui, je suis, malheureusement, habituée.

- Bon, il est évident que tu vas continuer à être surveiller de près par mes gardes. Je tenais aussi à te dire combien je suis désolée que ma sécurité n'est pas fonctionné pour toi.

- Tu n'y es pour rien, je ne t'en veux absolument pas.

- C'est cool de ne pas m'en vouloir, merci fit Carrie qui semblait apprécier l'attitude compréhensive de Bettina.

A partir de ce soir-là, Bettina se ferma de plus en plus. Elle discutait peu sauf du travail. Sur le plan professionnel, elle pouvait être intarissable, mais plus rien en ce qui concernait sa vie privée, et encore moins si ça pouvait toucher son intimité.

Louann lui ficha la paix pendant quelques jours. Bettina avait même tendance à penser que cela était trop facile, qu'elle pourrait, peut être, continuer ainsi, et retrouver un peu de la sérénité qui lui manquait tant depuis plusieurs semaines. Pourtant, deux jours plus tard, Louann se campa devant elle et vu sa tête, cela n'inaugurait rien de bon pour Bettina.

- J'aimerais que toi et moi nous ayons une petite discussion.

- Oui, bien sûr, à quel propos ? fit Bettina d'une voix qui se voulait dégagée.

Sans rien dire, Louann lui proposa de s'asseoir et fit de même toujours en silence. Elle tendit toujours sans rien dire une chemise jaune, devant le regard interrogateur de Bettina, Louann lâcha d'un ton neutre :

- Lis ce document, jusqu'à la fin.

Déconcertée, Bettina commença à lire le visage impassible. Au fur et à mesure de sa lecture, son regard changea, son visage aussi. Il devint tendu et sombre. Lorsqu'elle est eu fini, elle remit les documents dans la chemise, planta son regard dans celui de Louann et demanda d'une voix qui se voulait calme mais qui tremblait un peu :

- Je peux savoir qui s'est documenté à ce point sur ce type ?

- C'est Carrie. Le détective privé qu'elle a est hyper sérieux et complètement fiable. Comme tu as pu le lire, il y a quelques petits illogismes dont j'aimerai parlé avec toi.

- Des illogismes ? lesquels par exemple ?

- Et bien, ce type qui t'a agressé, ton ex donc, tu m'as bien dit que tu étais sortie avec lui pendant 2 ans, or comme tu as pu le lire sur ce document, il a quitté la

France à sa majorité, a parcouru le monde, a fait divers boulots, puis s'est engagé dans la légion étrangère et a remis les pieds en France qu'il y a 3 ans. Comment tu expliques ça ?

- Que ce détective n'est pas si bon que ça ! fit Bettina en haussant les épaules

- Vraiment ? Arrête c'est le meilleur. Et son casier judiciaire, il est vierge ! or tu m'as bien dit qu'il avait été condamné à une peine de prison.

- On peut pas se procurer ce document si facilement marmonna son amie

- C'est vrai, mais tu n'as pas fait attention ? c'est un flic qui lui a sorti. C'est impossible qu'il soit faux.

A cette remarque, Bettina baissa la tête et ne sut pas quoi répondre. Elle sentit alors le regard de Louann peser et poser sur elle.

Elle sut alors que le moment était arrivé, celui où elle allait devoir lui dire la vérité. Celle qu'elle redoutait et qu'elle détestait tout à la fois.

Après avoir longuement hésité, Bettina finit par dire tout bas :

- Bon d'accord, je ne t'ai peut être pas tout à fait dit la vérité.

- Je t'écoute.

- En fait le type qui m'a agressé chez moi, c'est pas tout à fait mon ex.

- Qui est ce alors ?

- Un homme de main lâcha tout bas Bettina.

- Et cet homme de main est payé par qui ?

Le visage de Bettina s'assombrit et sa mâchoire se crispa, elle en avait de toute façon trop dit, autant tout lui confier ;

- Florian Madeni, un homme puissant vivant sur une île au Sud de l'Espagne. Ce type a disons fait une fixation sur moi, il m'a approché, m'a séduit et a essayé de m'emmener sur son île mais à l'époque, je ne pouvais pas quitter le continent car j'avais été engagé par une importante célébrité et rompre mon contrat avec elle m'aurait coûté trop cher tant financièrement que professionnellement. Du coup, il a commencé à modifier son attitude envers moi, il s'est montré menaçant. Je me suis alors renseigné sur lui et lorsque j'ai compris que ce n'était pas celui qu'il prétendait être et qu'il pouvait atteindre à ma vie, j'ai fui aussi loin que j'ai pu. J'ai changé de tête, changer de nom et même de continent. Je pensais être tranquille vraiment, mais visiblement il m'a retrouvé.

- Je comprends mieux pourquoi le fait que ce type soit arrêté ne t'a pas rassuré.

- Non, car Florian est tout à fait capable d'engager un autre homme de main pour me retrouver.

- Je vois, bon, tu sais ce qu'il nous reste à faire ?

Leur regard se croisèrent et se fixèrent un instant, Bettina savait à qui Louann faisait allusion.

- Nous n'avons pas le choix, tu sais très bien que Carrie a beaucoup d'influence et si quelqu'un peut te sortir de ce très mauvais pas, c'est bien elle.

- Oui, je sais bien, tu as raison, elle seule peut faire quelque chose admit Bettina.

Quelques heures plus tard, une fois que Carrie fut au courant de tout, elle appela tout un tas de personnes. Même si Bettina ne l'exprima pas réellement, elle était sacrément soulagée de non seulement avoir fini par tout dire à Louann mais aussi et surtout que Carrie avait pris les choses en main.

Le dénouement fut plus rapide que Bettina, Louann ou même Carrie l'auraient imaginé. En effet, une semaine plus tard, au journal télévisé, fut annoncé le décès du puissant Florian Madeni, sans doute victime d'un règlement de compte. Bettina eut du mal à y croire. « alors ça y était ? Son cauchemar était enfin terminé ? »

Ce soir là, Carrie déboucha une bouteille de champagne et elles trinquèrent toutes les trois à une nouvelle vie qui s'annonçait pour Bettina.

Quelques jours plus tard, Louann s'aperçut que Bettina était toujours aussi mal à l'aise avec Carrie. Elle demanda maintes fois des explications à Bettina, les raisons de son trouble, mais Bettina resta silencieuse.

Elle resta silencieuse alors qu'elle savait pertinemment ce qui lui arrivait. Elle avait eu l'occasion d'y réfléchir mainte fois et était toujours arrivée au même conclusion.

Puis ce fut au tour de Carrie de se poser des questions. Elle décida alors d'adopter une nouvelle stratégie avec Bettina..

Ce soir-là, les deux amies dînèrent ensemble. La soirée fut agréable, très agréable même, Carrie avait réussi à dérider un peu Bettina. Puis après ce dîner, il en fut un autre et encore un autre.

Un mois plus tard,

Bettina se regarda plusieurs fois dans le miroir, c'était déjà la troisième fois qu'elle se changeait. Elle se savait très dure avec elle même ce qui n'aidait pas son choix définitif pour une tenue. Elle jeta un coup d'œil à sa montre, si elle continuait à « s'admirer » ainsi elle ne pourrait pas assurer le repas, et cela, dans sa tête c'était juste pas possible.

Carrie fut pile à l'heure, comme toujours. Vêtue d'une tunique blanche et d'un simple jean, elle paraissait encore plus juvénile. Sa chaîne en or brillait un peu plus sur sa peau bronzée. Elle semblait en pleine forme. Tout en adressant un sourire charmant à Bettina, elle lui lança :

- Tu es très en beauté ce soir.

- Merci, toi aussi. Enfin, tu es magnifique comme toujours murmura Bettina.

Carrie la remercia d'un regard. Elles commencèrent à dîner en parlant de choses et d'autres. Alors que Bettina lui servait le dessert, Carrie attendit qu'elle se rassoit et tout en plantant son regard dans le sien, elle lâcha :

- Nous pouvons parler toi et moi ?

Aussitôt Bettina sentit son cœur faire une ratée. « parler ? Mais de quoi Grand Dieu ? » .

- Oui bien sûr.

- Voilà, tu commences à bien me connaître, enfin nous commençons à bien nous connaître, tu sais combien j'aime la franchise, la sincérité et l'honnêteté. J'adore ta compagnie, mais j'aimerais comprendre pourquoi tous ces dîners ? J'ai l'impression que tu me caches quelque chose mais je n'arrive pas à savoir de quoi il s'agit. Tu es nerveuse, troublée, j'ai eu beau tourner tout ça dans tous les sens, j'avoue ne pas comprendre où tu veux en venir lui expliqua Carrie d'un ton à la fois calme et posé.

Bettina se tortilla sur sa chaise. Sa nervosité était montée d'un cran. Comment allait elle se sortir de ce mauvais pas ?

Celle ci hésita et finit par dire d'un ton qui se voulait ferme mais qui tremblait un peu :

- Je ne te cache rien voyons ! Moi aussi j'apprécie ta compagnie et je voulais juste mieux te connaître !

Carrie lui jeta un regard perçant, ce style de regard qui semblait vouloir transpercer les tréfonds et l'obscurité de l'âme.

- Arrête Bettina ! Tu peux sortir cette excuse à qui tu veux mais pas à moi ! J'aimerais que tu me dises la vérité.

- Tu veux la vérité ? Ok, je vais te la dire, je pensais d'ailleurs que tu avais compris depuis le temps où je voulais en venir

- Et bien, j'avoue que je n'ai pas vraiment cru à ton histoire que tu m'as sorti il y a quelques mois sur le fait que je t'impressionnais.

Après t'avoir observé et surtout depuis plusieurs jours, je pense plutôt à tout autre choses.

- Tout autre chose ? Comme quoi ?

- Et bien, je me suis dit et je me dis de plus en plus que tu me dragues, de manière certes tranquille et respectueuse, mais que tu me dragues quand même.

Bettina esquissa un sourire. Elle avait toujours eu cette transparence et cette façon d'être qui faisait qu'elle ne trichait pas avec les autres et encore moins avec elle même. Elle répondit d'un ton à la fois tranquille et serein.

- Tu as tout à fait raison, je te drague.

- Oh vraiment ? Fit Carrie en lui souriant.

- Oui vraiment assura Bettina ;

Un énorme silence tomba entre les deux amies.

Bettina se risqua à jeter un coup d'œil à Carrie. Celle ci ne semblait pas choquer, non, elle paraissait plutôt réfléchir. Enfin en esquissant un sourire, elle jeta d'un ton à la chaud et calme :

- Je m'attendais à ce style de déclaration, je suis à la fois flattée et très touchée.

- Oui, mais je sais ce que tu penses, que ces sentiments ne sont pas réciproques, tu m'aimes certes beaucoup mais pas de cette façon la coupa Bettina d'un ton un peu brutal.

Carrie arqua un sourcil surpris et avant même de pouvoir rajouter quelque chose, Bettina finit de clore la discussion en lâchant d'un ton froid

- Inutile de continuer à en discuter, c'est la première fois et la dernière fois que nous en parlons ; ne t'inquiète pas, je ne t'importunerais plus avec tout ça.

Quelques minutes plus tard, Carrie partit, elle eut plutôt la désagréable impression d'avoir été mise à la porte de Bettina ; Celle ci débarrassa, nettoya et rangea la cuisine, le visage sombre et fermé, elle fulminait. Comment avait elle pu lui balancer tout ça comme ça sans aucune précaution ? Et Carrie qui lui avait répondu quoi déjà ? Qu'elle se sentait flattée et touchée par sa déclaration ? La bonne blague ! Elle mit énormément de mal à trouver son sommeil. Dès le lendemain, elle décida d'oublier tout ça, cette histoire, ses sentiments, et recommença à se concentrer sur le travail et uniquement le travail. Fini les dîner en tête en tête, les confidences, les conversations à ne plus en finir. De toute façon, qu'avait elle pu bien imaginer en lui faisant une telle déclaration ? Que Carrie allait lui tomber dans les bras ? La grande Carrie ? Celle qui vendait des millions de disques ?

Qui avait des fans sur tous les coins de la planète ? Et des milliers d'hommes et de femmes qui lui déclaraient leur flamme chaque jour sur les réseaux sociaux ? Elle n'avait que l'embarras du choix que ce soit dans sa sphère professionnelle que personnelle et ce choix là pouvait porter sur quelqu'un de bien plus intéressant tant physiquement que psychiquement que Bettina, du moins c'est ce que celle ci se persuada.

Depuis ce jour, Bettina afficha un visage dépourvu d'émotions, sa voix était posée et calme mais dénué de chaleur. Lors des réunions professionnelles, Carrie posa plusieurs fois son regard à la fois songeur et intrigué sur elle, sans compter sur Louann qui n'arrêtait pas de la tarabuster.

Un soir, tard, quelqu'un sonna à la porte de Bettina, celle ci persuadée qu'il s'agissait de Louann qui n'arrêtait pas d'insister pour qu'elles se voient en dehors du bureau, ouvrit la porte sans même jeter un coup d'œil à son invitée qui entra sans rien dire. Celle ci fronça immédiatement les sourcils, ce parfum n'appartenait pas à Louann mais à Carrie. Elle fit volte face et tout en plantant un regard froid sur son amie, elle lâcha d'un ton tout aussi froid :

- Je peux savoir ce que tu fais là ? À une heure aussi tardive ?

- Tu n'en as pas la moindre idée ? Fit Carrie sans se départir de ce ton chaud et calme qu'elle réservait à ses ami(es) .

- Éclaire ma lanterne ironisa Bettina.

- Ok, je suis venue te voir car visiblement, nous ne nous sommes pas très bien comprises la dernière fois que je suis venue chez toi.

- Oh contraire je pense la coupa Bettina.

- Laisse moi finir s'il te plaît fit Carrie d'un ton cette fois beaucoup plus ferme.

Peu habituée à entendre ce ton dans la voix, Bettina se figea quelque peu et attendit le visage fermé.

- Très bien, je t'ai dit, c'est vrai, que je me sentais flattée et touchée par ta déclaration, ce qui est vrai. Depuis, tu sembles, non je vois bien que tu es en colère contre moi, que ma réponse ou mon début de réponses t'a peut être blessé, vexé ou je ne sais quoi, si tu m'avais laissé finir ce soir là, nous en serions peut être pas là toi et moi. Si tu m'avais laissé finir, je t'aurai dit aussi que mes sentiments envers toi ont évolué ces derniers temps, que même si tu ne m'en as parlé que tardivement, j'avais surpris quelques uns de tes regards disons appréciateurs sur moi, j'avais compris ou du moins deviné que je te plaisais. A force de nous voir, nous parler, nous confier l'une à l'autre, j'ai appris et j'ai commencé à t'aimer d'une manière différente. Voilà ce que je voulais te dire.

Bettina la regarda longuement, c'est sûre elle s'attendait à tout sauf à cette déclaration. Après avoir hésité, elle finit par lui demander :

- Tu veux dire quoi par « m'aimer d'une manière différente » ?

- Et bien, c'est pourtant clair comme réponse non ?

Et là Carrie se rapprocha de Bettina, celle ci recula tant et si bien qu'elle se retrouva acculée contre le plan de la cuisine. Tout doucement, Carrie l'enlaça et déposa un doux baiser sur les lèvres bien dessinées de Bettina. Celle ci sentit son cœur faire une ratée. Tout aussi doucement, Carrie approfondit leur baiser, vaincue Bettina finit par y répondre.

Elles s'embrassèrent à la fois sensuellement, et très tendrement. Ce fut Bettina qui y mit fin, à regret. Tout en se regardant, ou plutôt tout en se dévorant du regard, Carrie lui lança d'une voix taquine :

- Est ce que maintenant tu as compris ce que je ressentais ?

- Oui, là c'est on ne peut plus clair fit Bettina en déposant un doux baiser sur sa bouche.

- Très bien, j'ai bien fait de venir au final, non ?

- Oui, mais pourquoi moi ? Tu n'as que l'embarras du choix, alors pourquoi ?

- Tu es sérieuse vraiment ? Fit Carrie d'un ton interloqué.

- Bien évidemment ! Je ne comprends pas pourquoi tu m'as choisi !

- Bah, tu es une femme magnifique, tu es très belle, avec un charme et un charisme fou, tu es intelligente, sensible, tu es tout ce que n'importe quel être humain sur cette terre souhaiterait avoir à ses côtés.

Bettina baissa la tête se sentant flattée par cette remarque, flattée et touchée aussi.

Ce soir là, Carrie resta chez Bettina. Elles passèrent la nuit ensemble sans se toucher, sans faire l'amour. Dès le lendemain, elles invitèrent Louann à dîner et lui expliquèrent la situation, celle ci fut ravie de ce nouveau couple qui s'était formé presque sous ses yeux !

Il fut encore quelques semaines pour que Carrie puisse vaincre toutes les appréhensions et les peurs de Bettina, avec sa patience, sa compréhension et sa douceur presque naturelles.

Lorsque ce soir là, Bettina s'endormit dans les bras de sa compagne, un léger sourire flottait sur ses lèvres. Une pensée traversa son esprit et se logea là entre son âme et son cœur, qu'elle était heureuse, enfin, heureuse et apaisé.